다시 행복해진 아빠와 딸의 이야기

나는 아빠다

이성규 지음

나는 아빠다

프롤로그

기자 초년병 시절, 상두 어머니를 만났다. 골수(조혈모 세포) 기증 활성화를 위한 취재팀에 속해 있을 때였다. 백혈병 환자와 그 가족들을 취재하는 게 내 몫이었다. 상두는 꿈에 그리던 대학생이 되자마자 백혈병에 걸려 투병 중이었다. 골수 이식을 위해 서울○○병원에 입원한 상두를 찾아갔을 때 상두 어머니는 병실 문 앞에서 "상두에게 모든 게 미안하다"며 우셨다. 당시 인기 드라마 제목을 딴 '상두야 학교가자'가 1면 신문기사의 헤드라인이었다. 상두는 이듬해 짧은 생을 마감했다. 미혼이었던 30대 초반 기자는 금세 상두 어머니를 잊었다.

2016년 1월, 이유 없이 일주일 째 고열이 나던 세 살 인영이가 백혈병 진단을 받았다. 승진과 특종을 위해 동분서주했던 맞벌이 부부는 숨이 멎는 듯 했다. 인영이가 아픈 것이 모두 내 탓 같았다. 10년 넘게 지나서야 상두 어머니의 그때 그 마음이 조금이나마 이해가 되었다.

인영이 정식 병명은 급성림프구성백혈병. 백혈병은 골수 또는 혈액 내에 암세포가 생기는 혈액암의 일종이다. 이 중 2~5세 유아에 많이 발병하는 백혈병 종류가 급성림프구성이다. 치료 방법은 골수이식이나 항암치료인데 우선적으로 항암치료가 권해진다. 항암치료의 경우 암세포가 혈액을 통해 온 몸을 이동하는 혈액암 특성상 3년 전후의 긴 치료가 필요하다. 인영이도 2018년 10월까지 1,000일 동안 입·퇴원을 반복하며 항암치료를 받았다. 아직 완치 판정을 받기까지는 5년이라는 긴 시간이 남았지만 치료 종결 판정을 받고 일상의 삶으로 돌아왔다.

이 글들은 가족이라는 이름으로 똘똘 뭉쳐 적은 투병기이자, 여느 평범한 네 식구의 삶의 이야기다. 3년이라는 짧지 않은 투병생활을 이겨낼 수 있었던 것은 가족 때문이었다. 네 식구는 각자의 자리에서 최선을 다해 생활하며 인영이를 위해 모든 힘을 모았다. 어른도 힘들다는 항암치료를 견딘 인영이와 동생을 위해 자신이 받아야 할 사랑과 관심을 아낌없이 나눠준 큰 딸 윤영이, 하루아침에 경단녀경력단절여성가 돼서 인영이의 수행비서 임무를 100% 완수한 아내 미선이. 그러면서 우리 가족은 가족이란 무엇인지, 왜 가족일 수밖에 없는지 깨달았다.

이렇게 책을 낼 수 있었던 것은 가족 뿐 아니라 주변 사람들의 사랑과 관심 때문이었다. 그들은 함께 울어줬고, 함께 기도했고, 함께 웃어줬다. 그들이 아니었다면 우리 가족은 고립된 섬에서 힘겨운 사투를 벌였을지 모른다. 생긴 지 몇 년 되지 않은 세종시에서 동고동락했던 여러 선후배분들과 회사보다는 한 가족 같았던 국민일보 식구들에게 고마움을 전한다.

2018년 11월

이성규

차례

프롤로그 / 4

1장

우리는 씩씩하게 싸웠다
인영이 투병기 / 11

우리는 저항하기 위해 쓴다 / 12
'김피탕'이 먹고 싶은 아이들 / 15
유아용 튜브를 사고 싶었다 / 19
천국보다 낯선 / 22
인생은 아름다워 / 25
존재하지만 존재하지 않는 사람들 / 28
또 하나의 가족 / 32
아버지와 딸 / 35
놀이공원에서 울다 / 37
삽질하다 다쳤는데요 / 40
인영대군실록 / 42

파란 안경을 쓴 슈퍼맨 / 44

'스테로이드빨'과 스파게티 / 47

겉으로 봐서는 알 수 없는 즐거움 / 49

조금 나아진다는 것 / 52

기적 없이도 감사한 삶 / 55

유리벽 사이의 대화 / 57

병원 쪽잠과 호텔 꿀잠 / 60

스마트폰과 기저귀, 이제는 이별할 때 / 63

도복을 벗지 않는 태권소녀 / 66

그때는 틀리고 지금은 맞다 / 68

투병도 일상이다_결혼 11주년 대천 여행기 / 72

2장

기자에서 아빠가 되었다
아빠 이야기 / 77

기자 아빠의 숙명 / 78

Wanna be 슈퍼맨, But… / 83

내일도 1등 아빠 / 85

슬픈 계란왕 / 87

아빠의 청춘 / 90

나는 극성 아빠 / 93

막무가내 정신, 이인영. 아빠배 생일 대회에서 MVP로 선정되다 / 97

이유는 없습니다-워라밸 / 100

아빠도 철 없는 아들이다 / 103

딸에게 보내는 첫 편지 / 105

투병도 일상이다_ 나는 언니다! (윤영이의 제주도 여행기) / 111

3장

아빠랑도 같이 자자
엄마와 두 딸 / 115

아빠와 엄마 / 116

아내의 입원 / 118

남자, 그 쓸쓸한 이름 / 121

아내의 아빠, 그리고 나의 아버지 / 123

아내가 돌아왔다 / 126

윤영이의 헝겊 인형을 버렸다 / 129

큰 딸과의 약속 / 132

호텔의 정의 / 135

일갑영갑, 아내의 생일 / 138

입동 / 141

엄마는 회사에서 내 생각해? / 144

투병도 일상이다_집순이와의 부산 여행기 / 147

4장

우리는 서로가 서로에게 희망이다
좋은 사람들과 아픈 천사들 / 153

수녀님과 고구마 / 154

먹고 싶은 것이 많은 아이 / 156

청출어람 후배들 / 159

그는 아빠다 / 162

짜장라면 한 젓가락 양보하고 싶은 김 변호사 / 166

아픔은 나누면 조금 덜 아프다 / 168

얘는 이름이 뭐예요? / 171

화요일의 아이들 / 174

백혈병에 걸린 이유가 뭐래요? / 176

투병도 일상이다_나는 언니다 2(윤영이의 사이판 여행기) / 179

5장

인영이는 아빠를 다시, 생각하게 했다
'나라다운 나라'를 위한 기자 아빠의 생각 / 185

소파에 살림 차린 아빠 / 186

국민이 기대하는 것이 많은 나라 / 190

내 아이의 아픔이 국가의 폭력을 돌아보게 한다 / 193

인간에 대한 애정이 중요하다 / 196

인영, 어린이집에 가다 / 199

한국의 '다니엘 블레이크'들 / 202

병원은 의료 '서비스' 기관이다 / 205

나는 기꺼이 블랙리스트가 되었다 / 209

나무 심기와 나랏돈 10만 원 / 212

'레지'보다 '골검'을 말하고 싶었다 / 215

스러진 꽃들에게 사과하고 진실을 규명하면 된다 / 218

재윤이 어머니께 / 223

에필로그 - 1,000일 간의 해피엔딩 / 227

부록

소아백혈병 관련 도와주시는 분들 / 231

1장

우리는 씩씩하게 싸웠다

인영이 투병기

우리는
저항하기 위해 쓴다 (D+183)[*]

백혈병은 난치병이다. 불치병은 아니지만 완치까지는 긴 시간에 걸쳐 환자와 가족들의 노력이 필요하다. 인영이가 앓고 있는 급성림프구성백혈병은 완치 판정을 받기까지 발병 후 7~8년 가량이 걸린다. 항암 치료를 하든 골수 이식을 하든지 간에 완치 판정 전까지의 생활은 조심의 연속이어야 한다. 한시도 긴장을 늦출 수 없는 병. 그래서 환자는 물론 가족들에게도 참 힘든 병이다.

인영이가 대학병원 응급실에서 백혈병이 의심된다는 진단을 받고 처음 입원한 날, 아내는 오진을 의심했다. 반신반의하며 아이를 안고 잠든 아내를 바라보며 꼬박 밤을 새워 인터넷에서 백혈병 정보를 찾아 헤맸다. 그러나 이런 상황에서 어떻게 대처해야 하는지, 이 병은 도대체 어떤 병인지,

---

^{*)} 인영이가 발병한 2016년 1월 29일을 D·day로 썼다. 이 날을 기점으로 우리 가족의 삶은 180도 달라졌다.

궁금한 정보는 쉽게 찾을 수 없었다.

이틀 뒤 인영이가 백혈병 확진 판정을 받았고, 정신없는 며칠이 지난 뒤 5년 전 문을 닫았던 페이스북 계정을 다시 열고 '그냥' 썼다. 매일 밤 무균 병동에 아내와 인영이를 놔두고 나오면 숙소에 들어가기가 싫었다. 불 꺼진 병원 기자실에 들어가 하루하루를 생각하며 썼다. 할 수 있는 것이라고는 쓰는 것 밖에 없었다.

지금도 SNS나 블로그 등을 통해 백혈병과의 싸움을 기록하는 이들이 많다. 아직 돌도 안 된 아기의 힘겨운 병원 생활을 기록하는 엄마, 3년 넘게 초등학생 환우 아들과 함께 호흡하는 아빠, 자식들을 위해 힘을 내고 있는 투병 중인 엄마, 갑작스레 찾아온 병마와 싸워 이제는 학교생활까지 잘 소화하고 있는 여고생까지…… .

우리는 백혈병과 싸우고 있고, 그 저항의 기록을 남기고 있다. 기록을 남기는 것 자체가 저항의 행위다. 쓰면서 힘을 내고, 위로를 받는다.

글보다 행동하라는 말이 있다. 386 세대가 한창 군사정권과 싸우던 시절에는 마르크스 사상을 공부하는 것보다 시위 현장에서 돌 한 번 던지는 데 더 큰 배움이 있었다. 그런데 그런 돌을 던질 기회조차 없을 때는 어떻게 해야 할까. 아이 대신 아파줄 수 없거나, 본인이 백혈병에 걸려 아이의 도시락을 챙겨줄 수 없을 때, 그때 우리는 펜을 들고 기록하며 이 병과 싸울 수밖에 없다.

그런 글들은 어쩌면 주변 사람들에게 기도해달라고, 응원해달라고 보내는 타전일 것이다. 외로운 글쓰기가 아닌 공개된 글을 통해 '이렇게 아프니 힘을 달라'는 소리 없는 외침일 수 있다. 지금 이 글들이 아이가 백혈병에 걸렸다는 청천벽력 같은 소리를 들었을 때 지푸라기라도 잡는 심정으로 정보를 찾는 사람들에게 작은 나침반이 되었으면 하는 바람이다.

'김피탕'이 먹고 싶은
아이들 (D+111)

　백혈병을 앓는 아이들은 면역력이 크게 떨어져 있다. 감기만 걸려도 위독할 수 있기 때문에 바이러스가 없는 환경이 필수적이다. 그래서 이식이나 항암치료를 받을 때, 또는 바이러스 감염 등 문제가 발생했을 때 일반 병동이 아니라 폐쇄 병동인 무균 병동에 입원해야 한다.

　소아 무균 병동에 세 번째 입원해보니 조금씩 주변이 보인다. 이곳은 직접 들어와 보기 전에는 절대 알 수 없을 만큼 특별(?)하다. 우선 돌도 지나지 않은 유아 환자부터 수염이 거뭇거뭇한 10대 후반까지 연령대가 다양하다. 30명 남짓한 소아 환아들은 10년 나이차는 우습다는 듯 쉽게 말을 섞는다.

　매일 오전 10시 병실 청소 시간, 모두들 우르르 아고라 광장 격인 작은 로비에 모인다. 10대 후반의 아이들은 자기보다 어린 환아들에게 소파를 양보하고 건너편 나무 선반 위에 걸터앉는다. 불량기 있는 일진 같이 보이는 10대 형들과 아이들의 대화는 건전하다 못해 웃음이 나온다.

오늘은 한 엄마가 아이에게 '붕*빵' 과자를 먹였는데 의료진이 '초코*이'는 되지만 '붕*빵'은 안 된다는 유권해석을 내렸다며 탈이 나면 어떻게 할지 걱정했다. 이를 듣던 10대 친구는 "먹고 안 아프면 된다"는 명쾌한 답변으로 그 엄마의 근심을 덜어줬다.

한참 자랄 때 먹지 말아야 할 것이 많기 때문인지, 이들은 모여 '김피탕'이 먹고 싶다고 노래를 부른다. 김피탕은 김치, 피자, 탕수육의 줄임말이다.

한편에서는 여섯 살쯤 돼 보이는 환아가 유모차에 타고 있는 자신보다 더 어린 환우를 쓰다듬어 주고 있다. 인영이도 어린 축이라 오빠와 언니들의 사랑을 듬뿍 받고 있다. 여기서 주의할 점은 모두 까까머리라 오빠로 보이지만 사실은 언니일 수 있다는 점이다. 인영이를 예뻐하는 한 친구에게 "인영아, 오빠한테 인사해야지"했다가 "저 오빠 아니거든요"라는 한소리를 듣고 무안했다. 한 친구는 머리카락이 없고 키가 작아 중학생 정도 되는 줄 알았는데 얘기를 나눠보니 스무 살이었다. 어릴 적 백혈병을 앓다가 재발한 아이들은 나이가 들어도 소아 병동에서 치료를 받는다고 했다. 인영이는 골수 이식 후 회복 중인 이 '큰 언니'를 제일 잘 따른다.

저녁 식사 이후에는 운동회 시간이 돌아온다. 모두들 링거대를 끌면서 무균 병동의 복도를 수십 바퀴씩 돈다. 항암 치료를 받으면 그 독성과 운동 부족으로 다리 힘이 약해져 잘못하면 평생 휠체어 신세를 질 수 있기 때문에 운동은 필수다. 복도가 짧고, 좁기 때문에 양방향으로 걷지 못하므로 대부대의 일방통행 행렬이 연출된다. 여기저기서 힘들다는 볼멘소리가 터져 나오지만 엄마들은 아이들을 힘차게 끌어당긴다.

이처럼 밝아 보이는 무균 병동 아이들 모두는 힘든 치료를 꿋꿋이 견디고 있다. 어제 웃고 즐기다가도 오늘 갑자기 중환자실로 옮겨질 수 있는 유리병 같은 아이들. 울음소리를 낼 힘도 없어 새벽에 흐느끼는 아이들. 또래 친구들과 학교에서 함께 뛰놀지 못하고 병원에 갇힌 아이들. 그래서 오락기와 스마트폰이 유일한 낙이 될 수밖에 없는 아이들. 그리고 적게는 몇 개월에서 길게는 10년 가까이 이 아이들의 병간호를 위해 살아가는 엄마아빠들. 저마다 사연 하나씩을 가슴 속에 간직한 아이들과 보호자들이 한데 숨 쉬고 의지하는 곳. 그곳이 바로 소아 무균 병동이다.

유아용 튜브를
사고 싶었다 (D+127)

인영이가 열이 난다. 오늘 새벽부터 37도 초반을 찍더니 오후 들어 38도를 넘겼다. 38도는 백혈병 환아들에게 일종의 마지노선이다. 38도가 넘으면 의료진은 인영이의 약한 면역력을 뚫고 균이 침입한 것으로 간주, 곧바로 균배양 검사와 함께 항생제 치료에 들어간다.

오전에 미열이 있을 때 제발 38도만 넘지 않기를 기도했다. 열이 나면 약 일주일 정도 퇴원이 미뤄진다. 하루 3번 항생제를 맞으며 열의 원인을 찾아내야 한다. 항암치료 부작용으로 잠시 그러다 말지 않을까란 생각에 검사를 뒤로 미룰까 생각했지만, 초기에 열을 잡지 않으면 패혈증 등으로 위험하게 될 수도 있다는 의료진의 말에 바로 검사에 들어갔다. 2주 전 1차 고용량 항암치료처럼 입원 5일 만에 가뿐히 집에 돌아갈 수 있을 것이라는 기대는 무너졌다.

　밥을 거의 못 먹어 힘도 없는 아이를 손등 채혈에, 엑스레이 검사에, 소변 검사로 들들 볶았다. 인영이는 울고, 인영일 붙잡고 있는 엄마도 덩달아 울었다. 나까지 울면 안 될 것 같아 아내한테 울지 말라 역정만 냈다.

　저녁에 혼자 마트에 갔다. 영상통화로 인영이가 원하는 장난감을 샀다. 계산대로 가는데 바캉스 용품 코너가 눈에 들어왔다. 겁 많은 언니와 달리 두 살 때부터 수영장에 가면 나올 줄 모르던 인영이가 생각나 나도 모르게 유아용 튜브를 들었다 놨다.

　참았던 눈물이 나왔다. 우리도 남들처럼 여름에 휴가도 가고 싶은데, 네 식구가 함께 바캉스 용품도 고르고 싶은데, 그러지 못하는 게 서러웠다. 병원에 돌아오니 인영이는 아빠를 찾다 잠들었다고 했다. 새벽에 깨서 장난감을 찾을지 몰라 아내에게 장난감을 전해주고 다시 기자실로 왔다.

　어젯밤, 오랜만에 3년 전 세베리아(세종시 건설 초창기, 인프라가 부족했던 모습을 빗대어 농담으로 세종+시베리아인 '세베리아'라고 불렀다) 시절 친했던 분들을 만나 웃고 떠들었다. 이젠 좀 여유가 생긴 것 같다며 너스레도 떨었다. 별

탈 없이 이어지는 항암치료에 방심한 틈을 타, "아쭈 날 우습게 보네!"라며 백혈병이란 놈에게 한방 맞은 느낌이다. 자정이 가까운 시각, 적막한 대형병원 한 귀퉁이 기자실에서 마음을 다잡는다. '아빠는 긴장을 늦춰선 안 된다. 그리고 열은 잡혀야 한다.'

천국보다 낯선 (D+184)

어제부터 인영이는 항암 입원 치료를 위해 20층 무균 병동에 엄마와 함께 입원해 있다. 한 달 가까이 대기한 끝에 입원 순번이 돌아왔다. 발병 후 처음 무균 병동에 들어갔을 때는 세상의 끝인 줄 알았는데 이제는 무균 병동 올라가는 것이 천국에 가는 것 같다고 병원 입구에서 아내는 웃었다. 나역시 외래 주사실 앞 복도가 아닌 안전한 곳에서 인영이가 치료를 받게 돼 기뻤다.

그런데 입원 후 아내와 나, 인영이 모두 '멘붕멘탈붕괴' 상태에 빠졌다. 악몽은 입원하자마자 인영이 가슴정맥관에 주삿바늘을 꽂으면서 시작됐다. 베테랑 간호사들은 아이가 힘들어하지 않도록 가슴정맥관에 수액줄 연결하는 것을 자연스럽게 잘했다. 그런데 병원 인증 평가 기간이라 간호사가 할수 없고, 의사가 해야한다며 인턴 1년차가 왔다. 그러나 병실에 온 인턴은 바늘을 제대로 꽂지 못했다. 인영이는 아프고 놀랐는지 너무 울어 새알 머리에 점상출혈<small>힘을 줘 실핏줄이 터진 현상</small>이 생겼다. 1시간 뒤 간호사가 와서 몰래 연결해주면서 일단락이 된 줄 알았는데, 이번엔 집의 달콤함을 알아버린 인영이가 문제였다. 집에 가자고 노래를 부르다 밤 10시가 넘어서야 자더니 새벽 4시에 일어나 집에 가자고 엄마를 졸랐단다. 아내는 새벽부터 복도에 나와 잠을 설쳤다.

점심 즈음 인영이는 척수 검사 시술을 받았다. 어른 손가락 길이만큼의 긴 바늘로 허리 밑 부분을 찔러 척수액을 빼내고 항암제를 넣는 시술이다. 매번 고참 격인 4년차 레지던트<small>수련의</small>가 하더니 이번에는 1년차가 나섰다. 그는 바늘을 두 번이나 찔러 모두 실패하고 인영이 허리춤에 피만 흥건히 고였다. 두려움과 아픔에 울음을 그치지 않은 인영이의 점상출혈은 이마와 눈가까지 번져 얼굴이 울긋불긋해졌고 눈은 퉁퉁 부었다. 인영이는 3일 뒤 다시 척수검사 시술을 받기로 했다. 점심을 먹고 무균 병동에 올라가보니 기절한 듯 자고 있는 인영이를 안고 아내가 하염없이 울고 있었다. 인영이는 항암치료로 인한 구토 부작용도 겪고 있고, 밥도 잘 먹지 않는다. 집에 가자고만 졸라댄다.

엄마는 이미 그로기 상태고, 입원을 위해 애쓴 나 역시 할 말을 잃었다. 예전에 비해 달라진 점은 의료진에 화를 내지 않는다는 것. 그들에게 화를 내봤자 달라지는 것이 없다는 것을 알기 때문이다.

인영이한테 내일 킨*조이 초콜렛 10개를 사온다고 약속하고 병실을 나와 기사를 마감했다. 인영이는 무균 병동 복도를 돌면서 집에 가고 싶다고 노래를 부르다 밤 11시 유모차에서 잠들었다고 아내가 전해왔다. 아내는 '새로 들어온 애(인영이)' 때문에 시끄러워 못살겠다고 투덜대는 옆 침대 보호자가 무서워 병실에 못 들어가고 있다고 했다.

천국에 올라간 줄 알았는데 천국은 없었다.

인생은
아름다워 (D+46)

인영이의 두 번째 항암치료 일정이 끝났다. 4주간의 관해 _{암세포가 5% 미만으로 떨어지는 것} 유도가 성공적으로 끝난 뒤, 공고 _{다지기}요법의 첫 발걸음을 뗀 셈이다. 인영이는 5일간 이뤄진 이번 치료를 구토 한 번 없이 무사히 소화해냈다. 입원 대기가 밀려 3번의 '1박 2일' 일정을 통해 항암치료를 받았는데 특히 마지막 이틀은 항암치료가 6시간 밖에(?) 안 걸린다는 이유로 주사실 내 침상도 배정해주지 않았다. 인영이는 철제 의자에 앉아 채혈을 하고 항암제를 맞았고, 주사실 밖 복도를 배회할 수밖에 없었다.

인영이 뿐 아니라 다른 환아들 역시 시장통 같은 주사실 복도에서 6~7시간을 견뎌야 한다. 밥을 먹으려면 지하 식당에 내려가서 금지 음식을 제외하면 고명 안 넣은 칼국수 정도를 먹을 수 있지만 그러려면 환자복을 갈아입고 가야 된다. 그래서 대부분의 어린 환자들은 빵이나 우유로 허기를 달랜다. 병원 침대에 누운 적 한 번 없지만 진료비는 하루 입원·퇴원으로 계산된다. 헬조선. 단 5일 경험했지만 그만큼 적절한 단어는 없었다.

그나마 다행인 것은 인영이가 아픈 주사 맞을 때 외에는 요즘 생활을 즐기는 듯하다. 우선 제일 좋아하는 엄마는 24시간 내내 자기 곁에 붙어 있다. 장난감을 잘 사주지 않던 아빠는 아픈 주사만 맞으면 새로운 장난감을 들고 나타난다. 병원에서 자기 또래의 친구나 새로운 언니·오빠들을 만나고, 새로운 집(병원)에 놀러간다. 차타고 창 밖 내다보는 것을 좋아하는데, 요즘은 하룻밤 자고 일어날 때마다 아빠 차를 타고 '빠방 놀이'를 할 수 있다. 인영이는 마취 없이 맞는 척수주사의 아픔도 뽀로로 인형 허리 쪽에 주사를 놓고 반창고를 붙이는 '의사 놀이'로 승화시켰다.

20년 전에 본 '인생은 아름다워'란 영화가 떠오른다. 이 영화는 어린 아들과 나치 수용소에 갇힌 아빠가 처참한 수용소 생활을 즐거운 게임으로 만들어 아들을 지켜내고 자신은 마지막까지 아들에게 웃음을 주고 사라지는 내용이다. 영화

속의 아빠와 지금의 내가 다른 점이라면 영화 속의 아빠는 독일군의 총의 맞아 죽지만 나는 꼬부랑 할아버지가 될 때까지 인영이와 함께 할 거라는 것이다. 아빠가 웃어야 아내도, 인영이도, 세종시 집에 할아버지와 함께 있는 윤영이도 웃을 수 있다.

지금 우리 가족의 인생은 아름답다.

존재하지만
존재하지 않는 사람들 (D+844)

백혈병 환아를 둔 보호자들에게 정기적으로 돌아오는 골수 검사와 척수 검사는 트라우마다.

골수 검사는 골수에 나쁜 암세포가 남아있는지 확인하기 위해 진행한다. 척수 검사는 암세포가 뇌와 연결된 신경줄인 척수를 타고 뇌를 공격하는 암세포가 있는지 확인하고, 예방 항암제를 투약하는 시술이다. 바늘 크기는 조금 다르지만 두 검사 모두 허리뼈에 긴 주삿바늘이 들어가는 만큼 고통스럽다.

인영이는 치료 기간 동안 3번의 시술 실패를 겪었다. 인영이가 치료받는 소아암 병동은 최근 문재인 대통령이 방문한 곳이다. 그만큼 소아 백혈병에 있어서는 최고의 수준과 시설을 자랑한다. 이런 병원에서 실수가 나오는 이유는 간단하다. 시술자인 의료진이 3개월마다 교체되는 레지던트이기 때문이다.

한번은 인영이 시술을 위해 온 레지던트가 첫 시술에서 바늘을 꽂았지만 척수액을 빼내지 못하고 애꿎은 인영이 피만 흘리게 했다.

시술이 실패한 뒤 의료진에게 시술 동의서를 보여줄 것을 요구했다. 아내가 사전에 동의서에 사인할 때 '시술 주치의'란은 비어있었다. 그런데 그 공란에 '이아무개'라는 이름이 적혀 있었다.

처음 보는 이름이다. 우리가 아는 한 주치의는 매주 인영이를 진료하고 처방해주시는 선생님뿐이다. 다음 시술에서 수간호사에게 이 레지던트의 시술에 대한 거부 의사를 분명히 표명했고, 전문의의 시술을 요구했다.

최근 PA의 유령 시술이 사회적으로 문제가 됐다. PA_{physician assistant}는 의사 보조 업무를 하는 사람을 뜻하는 것으로 주로 간호사들이다. 대부분의 대학병원에 존재하는 PA는 약 처방부터 간단한 수술까지 의사의 업무를 대신한다. 하지만 현행법상 PA는 불법이다. 그들은 유령이다.

병원은 말한다. 의사 인력이 부족해 어쩔 수 없다고. 보건

복지부 역시 알면서 눈을 감고 있다. 인영이는 오늘 유령 시술을 받았다. 시술 동의서에는 분명히 주치의가 검사를 하도록 돼 있는데 실제 시술을 한 의사는 처음 보는 레지던트였다.

병원은 척추 시술은 간단해 레지던트들도 쉽게 할 수 있다고 해명한다. 하지만 소아 백혈병 환아 중 시술 실패를 안 겪어 본 아이는 극히 드물다. 그때마다 환아와 보호자들은 극심한 트라우마를 겪는다.

소아암 환아들은 치료만으로 충분히 아픔을 겪는다. 레지던트들에게는 한 번의 실수고, 자신들의 기량을 높이는 기회일지 몰라도 우리 아이들에게는 평생의 아픔일 수 있다. 의사 인력이 부족하다면 10년 넘게 동결된 의대 정원을 늘려 척수 시술을 전문적으로 할 의료 인력을 육성하면 된다.

환우 보호자들 사이에서 '골수의 신'이라 불리는 교수가 있다. 골수·척수 검사를 기똥차게 잘해서 생긴 별명이란다. 보호자들은 그 교수에게 매번 시술을 받을 수만 있다면 큰절이라도 하고 싶은 마음이다.

왜 우리 아이들은 숙련된 의료진에게 골수 검사를 받을 수 없는 것인지, 왜 아픈 아이의 부모들은 3개월마다 바뀌는 레지던트들 중 아무개로부터는 검사를 받지 않았으면 좋겠다며 마음 졸여야하는 것일까? 그것이 어떤 이유 때문이든 간에 이 시스템은 바뀌어야 한다. 아픈 아이들은 마루타가 아니다.

또 하나의 가족 (D+356)

일요일 아침녘, 잠결에 인영이의 나직한 목소리가 들렸다. 엄마와 아빠, 언니가 모두 늦잠에 빠진 시간이었다.

"봉구야, 이제 말해봐. 왜 말을 안 하니?"

"…"

"봉구야, 바바가 없어서 말을 안 하는 거야? 아빠가 바바 데리고 온대."

인영이는 그럼에도 대답이 없는 봉구를 안고 혼자 거실로 나갔다.

봉구가 왔다. 봉구는 EBS 유아 프로그램 '봉구야 말해줘'의 주인공 인형이다. 다섯 살 민준이의 비밀 친구로 민준이와 둘만 있을 때는 말을 할 줄 아는 인형이다. 인영이는 이 프로그램의 마니아다. 가끔 민준이로 환생해 엄마를 '민준이 엄마'라고 부른다. 인영이가 봉구를 좋아하는 이유 중 하나는 진짜 친구가 없기 때문이다. 인영이는 다른 또래 아이들처럼 유치원에 갈 수가 없다. 면역력이 약한 백혈병 환아들은 주변 접촉을 최소화해야 한다.

지난 연말2016년 방송사의 봉구 인형 받기 이벤트에 응모해 뽑혔다. 봉구 인형은 시중에서 판매하지 않기 때문에 로또를 맞은 기분이었다. 봉구가 집에 온 이후부터 인영이는 봉구와 24시간을 함께 한다. 밥을 먹을 때도, 화장실에 갈 때도, 잠을 잘 때도 항상 옆에 둔다. 아빠보다 봉구다. 인영이는 봉구가 말을 못하는 것을 이해하지 못한다. 분명 민준이랑 있을 때는 말을 하는데 왜 자기랑 있을 때는 침묵 모드인

지 불만이다.

"아빠, 왜 봉구가 말을 안 해?"

"바바가 없어서 그런가봐(바바는 봉구를 넣는 가방 인형으로 이것도 민준이랑 있을 때는 말을 한다)."

"바바는 언제와?"

"음... 조금 있으면 올 거야(바바 역시 시중에서 팔지 않고, 바바 인형 받기 이벤트도 없다)."

어제 병원에 갔을 때 봉구는 일하느라 함께 가지 못한 아빠의 빈자리를 채우고도 남았다. 봉구와 함께 씩씩하게 채혈을 했고, 봉구가 배고플까봐 밥도 잘 먹었단다. 병원에서 돌아와 피곤에 지쳐 잠든 인영이 옆의 봉구 인형을 보고 왠지 눈물이 났다.

우리 봉구, 또 하나의 가족이다. 내일은 인영이가 하도 끌고 다녀서 때가 탄 봉구를 목욕시켜 줘야겠다.

아버지와 딸 (D+15)

아버지의 007 가방을 가지고 병원에 간다. 많지는 않지만 평생을 모으신 재산 목록과 서류들을 설명해주신다. 어린 시절 퇴근길에 가방을 받아들 때의 반짝이던 묵직함이 수십 년 세월 속에 퇴색되어버렸다. 그 속에 무엇이 들었을까 궁금하던 어린 시절, 무모할 만큼 철없던 시절을 가방은 오롯이 기억하고 있다. 내 나이만큼 됐을 가방이 이제 아버지 병실 침대 밑에 누워 있다. 함께 누운 나를 다독인다. 그리고 007 이름에 걸맞게 아버지를 단단히 지탱하고 있다.

2년 전 겨울, 아버지의 투병 생활은 서서히 물이 스며드는 솜처럼 가슴을 먹먹하게 만들었다. 쏟아지는 슬픔이 아버지의 삶을 마음깊이 받아들일 수 있는 계기라며 스스로를 위로하기도 했다. 지금 어린 딸의 싸움은 슬픔보단 아픔이다. 강렬하다. 하루하루 가슴에 대못이 박히는 듯하다. 허리뼈

사이에 놓는 척수 항암 주사를 맞으며 경기를 일으키는 딸의 구부린 사지를 간호사와 함께 옥쥔 뒤 한동안 울어서 퉁퉁 부은 인영이의 눈을 바라볼 수 없었다.

그러나 하늘에 계신 아버지와 그 아버지와 늘 동행했던 내 아버지가 나와 내 딸을 긍휼히 여길 것임을 나는 믿는다.

놀이공원에서 울다 (D+282)

인영이가 발병하기 직전 대전에 있는 놀이공원에 갔었다. 돈 몇 푼 아낀다고 엄마와 윤영이(큰딸)만 자유이용권을 끊었다. 언니와 엄마가 놀이기구를 탈 때 내게 안긴 인영이는 신기한 듯 쳐다봤다. 자기도 타고 싶다고 떼를 쓰기도 했지만 다음에 오면 같이 타자고 달랬다. 그리고 얼마 지나지 않아 인영이가 아팠다. 가족 나들이는 그날이 마지막이 됐다. 아내는 종종 그날 인영이를 놀이기구에 태워주지 못한 것을 후회했다. 그때마다 다 나으면 다시 가면 된다고 위로했지만 솔직히 그날이 올까 싶었다. 아득했다.

쉬는 금요일, 놀이공원에 갔다. 인영이가 아프고 난 뒤 제대로 된 첫 가족 나들이였다. 사람이 많은 곳에 가는 불안함도 있었지만 인영이 입원 동기 친구들이 최근 교외 활동을 하는 것을 보고 용기를 냈다. 온 가족이 예전처럼 놀이공원에 가는 게 소원이라는 윤영이도 기쁘게 해주고 싶었다.

　전날 부서 회식을 한 탓에 오전 9시쯤 눈을 떴다. 두 아이는 8시 전부터 깨어서 아빠가 못 일어날까 걱정하고 있었다. 날씨는 생각보다 추웠다. 유모차를 빌리고 윤영이 외투로 인영이 몸을 감쌌다. 이번에는 인영이도 자유이용권을 끊었다. 가장 먼저 유아용 자동차를 태워줬다. 인영이는 긴장한 채 핸들을 꼭 잡았다. 탈 때는 웃지 않더니 타고 나서 "재밌었어?"라고 물어보니 "응, 응"이라고 대답했다. 놀이공원의 백미인 회전목마를 타고, 거리 퍼레이드도 보여줬다.

　놀이기구 몇 개 타고 점심을 먹고 나니 아침 일찍 일어난 탓인지 인영이가 졸려했다. 날씨도 싸늘해 재울 요량으로 유아용 실내 놀이터에 데리고 들어갔는데, '아뿔싸' 판단 미스였다. 매번 유튜브Youtube로 보기만 했던 정글짐을 보더니 잠이 확 달아났는지 땀을 뻘뻘 흘리며 놀았다. 인영이가 즐거워하는 모습에 뿌듯했지만 한편으론 실내에 아이들이 많아 걱정이 되었다. 거기다 인영이보다 두어살 많아 보이는 아이와 부딪혀 넘어지면서 일회용 마스크 귀걸이 부분이 떨어져 나갔다. 새 마스크로 교체하러 데리고 나왔다. 윤영이와 놀고 있는 아내를 만나 마스크를 바꾸고 다시 유모차로 태워 실내 놀이터로 향하는데 인영이가 잠이 들었다.

그나마 한적한 한 카페에 들어갔다. 곤히 자는 인영이를 보고 있자니 주책맞게 눈물이 났다. 지난해 여름 휴가 시즌에 무균 병동에 입원해 있는 인영이에게 줄 장난감을 사다 주러 마트에 갔다가 울었던 생각이 났다. 그때는 여름 물놀이 용품을 고르던 가족들 모습에 울컥했지만 이번에는 우리도 그 가족처럼 됐다는 기쁨의 감정이 더 컸다.

아직은 마스크를 꼭 해야 하고, 짧은 머리에 치마 입은 인영이를 이상한 듯 쳐다보는 다른 사람들 눈빛 때문에 약간의 서글픔도 느끼지만, 우리 네 식구가 다시 놀이공원에 와서 웃을 수 있다는 것만으로 감사했다.

놀이공원에 갔다 온 다음날인 토요일, '아빠의 인생도 있다'고 되뇌며 백만 년 만에 야구를 하러 나가려다 인영이에게 붙잡혔다. 아이들에게 스파게티를 만들어주고 두 번의 설거지를 한 뒤 인영이 말 몇 번 태워주니 하루가 그냥 갔다. 팀은 졌고 플레이오프 진출에 실패했다. 창피한 과거지만 신혼 초 아내가 토요일 날 야구하러 가지 못하게 했다고 하루 동안 가출한 적이 있었다. 철없던 시절이었다. 고레에다 히로카즈의 영화가 떠올랐다. '그렇게 아버지가 된다.'

삽질하다
다쳤는데요 (D+52)

사람들이 열광하는 드라마 〈태양의 후예〉를 주말에 다시
보기로 보고 있었다. 장난감을 갖고 놀던 인영이가 잠시 쳐
다보더니 드라마에 몰입하기 시작했다. 그러고는 계속 이미
본 장면을 또 보여 달라고 했다. 〈뽀로로〉와 〈후토스〉를 틀
어줘도 고개를 흔들며 "아까 그거"를 외쳤다. 틀어주니 아예
자기가 리모콘을 쥐고 그 장면을 찾아서 수십 번 반복해서
봤다. 처음엔 "송중기한테 반했나봐" 하면서 아내와 웃었다.
그런데 인영이는 송혜교가 송중기의 총상을 치료하는 장면
과, 크게 다친 사람이 응급실로 가는 장면만 반복적으로 봤
다. 자세히 보니 드라마 촬영 장소가 인영이가 치료받고 있
는 병원이었다. 인영이에게 병원은 어느새 또 하나의 집이
된 것 같다는 생각이 들었다.

소아암 치료를 받고 있는 아이들은 심리 치료를 병행하기도 한다. 특히 백혈병의 경우, 3년여의 긴 항암치료를 마쳤어도 재발하는 경우가 종종 있고, 그때 아이들은 큰 상처를 받는다고 한다. 나중에 인영이가 커서 치료받았던 지금의 기억들을 어떻게 떠올릴까.

나와 아내는 어른들이 고통스럽게 여기는 것과는 다른 기억과 감정이 인영이에게 남길 바란다. 병원을 집으로 여기는 것처럼 말이다.

어찌됐든 그래서 우리 가족은 1회만 무한반복 시청 중이다.

"어떻게 다친 거예요?"(송혜교)

"삽질하다 다쳤는데요."(송중기)

이번 주말 우리 집 유행어였다.

대군이 한양 행차로 6시에 기상하시니 심기가 매우 불편하셨다. 대군 한양 행차에 내관內官 성규와 무수리 미선美善이 뒤따랐다. 윤영 공주께서 친히 대군을 따라 나서니 친친親親 · 마땅히 친하여야 할 사람과 친하다이시라. 한양에 당도하자 대군께서 말씀하시길 "마아트"라 하니 내관과 무수리가 머리를 조아리며 안내했으나 문이 닫혀 있었다. 대군이 노하여 내관에게 문을 열라 명하니 그 위엄이 하늘을 찌르느니라. 대군은 성품과 도량이 활달하여 거인巨人의 뜻을 지녀 다시 법도 있는 걸음걸이로 어의御醫를 만나러 발길을 돌리셨다.

어의께서 이르시길 "대군의 환후가 평복平復 · 병이 나아 건강이 회복됨하시다"고 하였다. 내관과 무수리가 기뻐 대군께 무엇을 드시고 싶으신가 물었으나 "마아트"라 말씀하셨다. 이를 듣고 내관과 무수리가 "범상치 않다"며 칭송하였다.

대군께서 공주와 즐거운 시간을 보내시니 이들의 우애가 매우 깊더라. 내관이 대군을 안고 터미널에 당도하니 때는 오후 3시. 오침에 드셨던 대군께서 한 자리를 차지하고 또다시 잠이 드셨으니 주변에서 그 모습을 보고 "참으로 임금 노릇할 사람이다"라며 칭송이 자자했다.

대군이 귀가하여 스마트폰을 통해 부지런히 학문을 닦으시니 과로로 건강이 손상될까 우려하였다. 또 수시로 무수리와 내관을 불러재끼시고, 친히 앉을 자리를 지정하여 움직이지 못하게 하니 그 은혜가 망극하였다. 내관이 대군께서 시장하실까 염려돼 9시가 넘어 토마토를 으깬 스파게티를 만들어 바쳤다. 대군께서 음식을 맛보시고 "맛따"라고 하시니 내관이 녹봉을 받은 것처럼 기뻐하였다. 대군이 잠자리에 들기 전 투정을 부리셨다. 무수리가 주무시라 간청하자 그 말에 오열하시니 그 성정性情·본디있는 마음새이 감발感發·감동스럽다하였다. 그 모습을 본 내관이 처연悽然하게 되었다. 대군이 자정을 넘기지 않고 일찍 잠드시자 내관과 무수리가 심히 기뻐 하니라. 과히 대군의 효도와 우애는 하늘에서 타고났다 하였더라.

※조선왕조실록 1권 효종대왕 행장(行裝) 참조.

파란 안경을 쓴
슈퍼맨 (D+399)

아내는 인영이를 임신 중일 때 둘째는 윤영이 때와 발길질이 다르다고 아들 같다 했었다. 그 말에 아들과 캐치볼을 하는 게 꿈이었던 아빠는 설렜다.

인영이가 태어났을 때 처음 든 생각은 '아들 같다'였다. 아들 같은 딸, 인영이는 언니처럼 오밀조밀하게 생기지는 않았지만 왠지 정감이 가는 둥글둥글한 스타일이었다.

초기 항암치료를 받으면서 인영이 머리카락이 대부분 빠졌다. 온 가족이 산책을 나갔을 때 지나가는 동네 분이 "둘째 아들, 참 멋지네"라고 말했다. 그 뒤로는 까까머리에 어울리지 않았지만 예쁜 치마만 입혔다.

인영이는 지난달부터 다니기 시작한 마트 문화센터의 '엉클짐'이란 수업에 홀딱 반했다. 집에서도 슈퍼맨 같은 엉클짐 망토를 걸치고 매일 뛰어다닌다.

오늘은 인영이가 엉클짐 5~7세 반 첫 수업을 들었다. 지난달 수업은 4세 이하 반에 속해서 엄마가 옆에 앉아있을 수 있었지만 오늘부터는 혼자 수업에 들어가야 했다.

아내나 나나 걱정이 앞섰다. 아내에게 교실 문 앞에 대기하고 있다가 울거나 힘들어할라 치면 바로 데리고 나오라고 신신당부했다.

퇴근 무렵, 아내가 인영이 사진과 동영상을 보내줬다. 인영이는 몸집은 제일 작았지만 어떤 아이보다 진도를 잘 따

라갔다. 남들 보기에는 겨우 마트 문화센터의 수업을 혼자 받은 것이지만 사진을 보는 것만으로도 감격스러웠다.

그런데 수업을 듣는 아이들에게 나눠주는 엉클짐 안경 색깔은 두 가지다. 남자 아이는 푸른색, 여자 아이는 분홍색이다. 지난달 수업을 시작할 때 인영이의 짧은 머리카락을 보고 선생님이 인영이에게 푸른색을 주었다는 것을 오늘에야 알았다. 조금 슬프기도 하지만 무슨 상관이람. 인영이는 그 어떤 아이보다 엉클짐 망토를 힘차게 펄럭이는 것을.

'스테로이드빨'과
스파게티 (D+214)

스테로이드는 운동선수들에게는 금지 약물이지만 백혈병 환아들에게는 보조 치료제다. 근본적인 치료는 아니지만 일시적으로 체력 강화와 항암 효과가 있다고 한다. 그래서 처음 진단을 받기 전에 스테로이드를 복용하면 백혈병임에도 확진 판정이 나오지 않아 곤란을 겪는 경우도 있다.

인영이는 띄엄띄엄 '소론도Solondo'라는 스테로이드제를 먹는다. 장기 복용하면 뼈가 녹아내릴 만큼 독해 한 달 중 일주일만 복용한다. 이 약의 부작용 중 하나는 식욕 증진과 특정 음식 집착이다. 처음 주변에 보이는 백혈병 환아들의 볼이 다들 통통해서 이상타 했는데 그게 '스테로이드빨'이었다.

이번 주 인영이의 '스테로이드빨'은 스파게티였다. 워낙 좋아하기도 했지만 어제 하루는 세끼 모두 스파게티였다.

아침에 출근하려는데 인영이는 아빠에게 회사가지 말고 스파게티를 만들라고 지시했다. 서둘러 양파를 까고 버섯을 씻었다. 면을 삶고 토마토를 끓는 물에 데쳐 껍질을 깠다. 소스를 만들고 삶은 면을 올리브유에 데쳤다. 아빠표 스파게티를 맛있게 먹는 모습을 보고 출근했는데 돌아와 다시 면을 삶아 스파게티를 먹였다.

강화 항암치료 2주차 중 마지막 날인 토요일 새벽 6시 30분, 고속버스를 타고 병원에 왔다. 아침은 우동. 어제부터 네 끼째 면만 먹는 '면순이'다. 인영이는 아픈 엉덩이 항암주사를 맞고 울면서 라면을 찾았다. 두 시간 금식이라 좀 이따 먹자 하니 더 크게 울었다. 잠시 이탈리아 녀석을 사위로 맞을지도 모르겠다는 생각을 했다. 영화 '그랑블루원제:The Big Blue, 1988'에 나오는 잘생긴 주인공(영화 중간에 스파게티를 아주 맛있게 먹는 장면이 나온다) 정도면 허락해 줄 테다.

겉으로 봐서는
알 수 없는 즐거움 (D+219)

킨*조이는 '서프라이즈 에그'라고 불리는 초콜릿 장난감이다. 계란처럼 생긴 킨*조이의 반을 자르면 한쪽은 떠먹는 초콜릿이 있고, 반대쪽엔 작은 장난감이 들어있다. 킨*조이의 묘미는 겉만 봐서는 어떤 장난감이 들어있는지 알 수 없다는 점이다. 뜯어봤자 어른들이 보기엔 다 비슷비슷하게 보이는 조잡한 플라스틱 장난감이 나오지만 아이들에게는 어느 것이 나올지 상상할 수 없다는 것이 묘한 긴장감을 불러일으키나 보다.

인영이는 킨*조이 마니아다. 유튜브 영상에서 킨*조이 개봉 영상을 수백 번 보면서 "아빠, 이거(사줘)"라고 가리킨다. 아프기 전엔 건성으로 대답하기 바빴지만 지금은 그 말을 외면할 수 없다. 처음엔 "몇 개"라고 하면 손가락을 2개 펴

보이더니 요즘은 두 손을 다 편다.

세종시에 업무차 내려온 한 지인이 인영이가 킨*조이를 좋아한다는 말을 들었는지 30개를 선물해줬다. 집에 퇴근해 책상 앞에 앉혀놓고 30개를 고이 쌓아 놓은 서프라이즈를 해줬다. 난생 처음 보는 수십개의 킨*조이 무더기에 인영이는 정신을 차리지 못하더니 그 자리에서 30개를 다 깼다. 어떤 장난감이 나와도, 심지어 똑같은 장난감이 2번, 3번 연속으로 나와도 인영이는 "우와~"하며 탄성을 질렀다. 무균 병동에 인영이와 함께 입원했던 또래 아이 아빠는 생일 선물로 킨*조이를 300개 사줬다고 한다. 아마 그 아이도 한 자리에서 300개를 모두 깨버렸을 것이다.

지난 일주일 동안 독일 출장을 다녀왔다. 독일은 서프라이즈 에그의 고향이다. 가기 전부터 인영이를 위해 원조 킨*조이를 사다 주려 벼르고 있었다. 출장 중간 잠시 짬이 났다. 킨*조이를 전문적으로 파는 곳은 독일에도 따로 없고 대형 마트에서 판다는 사실을 알았다. 12유로를 내고 공공 자전거를 빌리고 구글맵을 켰다. 베를린 시내를 달렸다. 낯선 길에 주머니에서 구글맵을 수시로 확인해야 했기 때문에 하이킹보다는 택배 기사가 된 기분이었다.

우리로 치면 □마트, ○○러스, ◇◇마트 같은 각기 다른 3개의 마트를 찾아 헤맸다. 한국엔 없는 다양한 서프라이즈 에그를 인영이에게 선물하기 위해서였다. 실제 'R*VE'란 마트에는 없는 것이 'A*di'엔 있었다. 12개 들이 한판씩을 쓸어 담아 자전거 뒤에 싣고 숙소로 돌아왔다. 나머지 5일 간의 출장 기간 동안 버스를 타건 비행기를 타건 행여 으스러질까 배낭에 고이 넣어 다녔다.

킨*조이 해체 전문가가 된 인영이를 보면서 킨*조이의 매력은 '꽝'이 없는 것 아닐까 생각했다. 살면서 자주는 아니지만 가끔 꽝을 뽑았던 것 같다. 기대에 부풀어 계란을 깼는데 아무것도 들어있지 않았을 때의 황망함. 누구든 경험해봤을 것이다. 그런데 이제는 꽝이 없었으면 좋겠다. 인영이와 함께 조금이라도 한 발자국씩 나가는 삶이었으면 싶다. 선물 덕택인지 인영이가 오늘은 아빠랑 자겠다고 한다. '립 서비스'인줄 알면서도 좋다. 누군가의 얘기처럼 큰 슬픔을 견디기 위해서 반드시 그만한 크기의 기쁨이 필요한 것은 아니다.

조금 나아진다는 것 (D+320)

인영이는 약을 많이 먹는다. 매일 자기 전 2시간의 공복을 유지한 뒤 먹는 항암제 푸리네톤Purinetone이 있고, 이틀에 한 번은 세균 감염 예방액 셉트린Septrin을 먹어야 한다. 일주일에 한번은 MTX라는 항암제를, 한 달 중 일주일은 매일 하루 세 번씩 스테로이드제를 복용해야 한다.

아내는 가루약을 물에 탈 때마다 가루 한 톨이라도 떨어질까봐 조심조심하고, 약을 다 먹인 뒤에는 물을 조금 넣어 헹궈 먹일 정도로 정성을 기울인다.

인영이는 1년 가까이 약을 먹어서인지 넙죽넙죽 잘 받아먹는다. 푸리네톤을 먹을 때는 "푸푸푸리네톤~"이라 노래를 하고, 셉트린은 써서 그런지 "엄마 셉트린 먹는 날이야?"라고 물어보곤 한다.

밤 11시, 낮잠도 안 잔 인영이가 코를 골고 잠들었다. 아이를 키우는 모든 부모들이 그렇겠지만 우리 부부 역시 그렇게 졸리고 피곤하다가도 아이가 잠들면 눈이 말똥말똥해지곤 한다.

"오빠, 그런데 오늘 무슨 요일이지?"

"화요일이지, 왜?"

대수롭지 않게 대답하고 나서 우리 둘 다는 "미쳤나봐"라는 말과 함께 벌떡 일어났다.

화요일은 일주일에 한 번 복용해야 하는 MTX를 먹여야 하는 날이었는데 둘 다 깜박 잊은 것이다. 깨워도 정신을 못차리는 인영이를 안고 약을 억지로 먹였다. 눈도 못뜬 채 약을 받아먹은 인영이를 다시 재웠다. 이제 갓 수습을 마친 1년차 기자가 잰 체하며 거들먹거린 듯한 한심한 기분이 들었다. 지난 겨울, 무균 병동에서 인영이를 안고 병원 밖으로 한 발자국만 나갔으면 좋겠다며 내리는 눈을 쳐다보던 때를 잊고 이렇게 정신 줄을 놓고 있었다니...

며칠 전부터 인영이에게 저금통을 만들어 주고 약을 잘 먹으면 동전 몇 개를 쥐어줬다. 십 원짜리든 오백 원짜리든 인영이는 동전 몇 개에 환하게 웃으며 저금통에 정성스레 동전을 집어넣는다. 앞으로 2년 간 인영이가 저금통에 동전을 넣을 횟수를 대략 세어보니 1,000번은 훌쩍 넘을 것 같다. 그렇게 꽉 채워진 저금통은 고이 간직했다가 인영이 시집갈 때 선물로 줄 생각이다. 약 안 먹겠다고 떼쓰는 손주에게 네 엄마는 이렇게 많은 동전 수만큼 약을 잘 먹는 착한 아이였다고, 엄마를 본받으라고 다독여줘야겠다.

기적 없이도
감사한 삶 (D+529)

아내가 인영이를 위해 〈기적의 한글학습〉 책을 샀다. 그런데 한 달이 지났어도 기적은 일어나지 않고 있다. 다섯 살 때 독학으로 한글을 깨우친 언니 윤영이와는 참 다르다. 인영이는 한 달 새 진도를 2페이지까지 나갔는데 엄마가 더 공부하자 그러면 갑자기 "아이야 힘들어"라고 말한단다. 그러다 엄마가 언니를 혼낼라치면 눈치를 보면서 엄마에게 먼저 "공부 안 해서 미안해"라고 애교를 편다.

한글을 몰라도 인영이는 엄마·아빠에게 감사하는 법을 가르쳐줬다. 처음 아프기 시작했을 때는 치즈 등 유제품을 못 먹었다. 조금 나아지고 나서 인영이가 좋아하는 치즈를 먹을 때 감사했다. 항암치료로 다 빠진 머리가 조금씩 날 때 또 감사했다. 며칠 전 아내가 인영이 머리를 묶었을 때는 씩

웃음이 나왔다. 지난 주말 키즈카페에 가서 방방 뛰는 모습을 보니 그저 기뻤다. 아직은 아이들이 없을 시간을 주로 이용하지만 인영이가 다른 아이들과 똑같이 뛸 수 있는 것만으로 감사하다.

인영이처럼 아픈 아이들을 둔 부모님들은 '나중에'란 말을 좋아하지 않는다. 나중에 다 낫고 나서 뭘 해주기에는 현재가 너무 소중하기 때문이다. 그래서 지금 이 순간 인영이가 머리를 묶을 수 있는 것만으로 행복하고, 한글 공부 시늉만 하는 것으로도 좋다.

최근 건강장애학생학부모회를 통해 10년간 백혈병으로 투병하다 열일곱 살에 하늘로 간 딸을 기리며 1억 원을 기탁한 부모님 얘기를 들었다. 나는 그 아빠와 엄마가 10년 동안 얼마나 힘들었을까 생각하면서도 한편으론, 그 10년 동안 아이를 통해 얼마나 행복했을지를 상상해봤다.

아이를 키우는 것은 세상을 만드는 일이다. 특히 아픈 아이는 더 아름다운 세상이다. 우리 아이들이 아름다운 세상에서 오래도록 행복했으면 한다.

유리벽 사이의
대화 (D+112)

구세군 황선엽 사관께서 무균 병동에 입원 중인 인영이 병문안을 왔다. 20년 가까이 노숙인을 위한 봉사를 하고 있는 구세군 이호영 국장님이 인영이 소식을 듣고 황 사관님을 모셔왔다. 황 사관님은 3년 넘게 사투를 벌여 백혈병을 이겨낸 선배 환우시다. '발병 — 항암치료 — 조혈모 세포 이식 — 재발 — 임상 실험용 항암 — 반일치 조혈모 세포 이식' 등 어려운 치료 과정을 통해 지금은 정상인과 같은 생활을 하고 있다.

소아 무균 병동은 보호자 1인 외 외부인 출입이 금지되기 때문에 면회는 무균 병동 내 투명 유리로 된 도서관과 면회실 사이에서 이뤄진다.

황 사관께서는 유리벽 사이로 인영이를 위해 기도해주신

뒤 아이가 밝고 명랑해 보여 잘 이겨낼 것 같다고 하셨다. 무균 병동 안의 아내 핸드폰과 면회실에 있는 아빠 핸드폰을 통해 기도를 해주시는 엄숙한 분위기에서 인영이가 계속 "아빠~ 아빠~"를 외쳐 나도 모르게 웃음이 터졌다.

황 사관님은 환자 본인은 물론이고 보호자도 긍정적이고 낙천적인 태도가 치료에 중요하다고 조언해주셨다. 자신보다 예후가 좋았지만 신경질적이고 우울한 환자들은 더 힘들어 했다고도 하셨다.

자신은 재발한 뒤 쓸 수 있는 항암제가 없어 확률이 낮은 임상 실험용 신약을 써야 할 때도 "성경 신약과 구약을 다 떼게 되네요"라며 의사에게 농담을 했다며 웃으셨다. "나 먼저 가면 쓰라"며 사모님께 숨겨놓은 비자금까지 털어놓았다며 항상 긍정적인 마음가짐을 가지라고 조언해주셨다.

인영이는 무균 병동에서 그나마 예후가 좋은 편에 속한다. 1년 가까이 누워만 있고 일어나지 못하고 있는 아이부터 3년 가까운 치료 기간을 거의 마칠 즈음에 재발이 돼서 다시 입원한 아이까지. 매일 주사 바늘에 찔리면서도 울지도 못하고 지친 눈빛을 하는 아이들에게 무균 병동은 어찌 보면 감옥처럼 느껴질 때가 있다.

인영이처럼 입·퇴원을 반복하는 아이들과 달리 장기 입원중인 환아의 엄마·아빠들에게 늘 미안한 마음이다. 항암치료를 마치고 집에 간다고 신나하는 인영이를 물끄러미 바라보던 그분들의 모습이 떠올랐다. 우리 가족을 포함해 모든 소아 백혈병 환우와 환우 보호자분들이 황 사관님처럼 긍정적인 마음가짐으로 훌훌 털고 일어날 수 있는 날이 곧 오기를 기도한다.

병원 쪽잠과
호텔 꿈잠 (D+206)

　인영이가 전체 항암치료 기간 중 가장 힘들다는 강화치료 1주차를 큰 탈 없이 마쳤다. 입원 대기가 일주일 넘게 걸린 상황에서 무균 병동에 병상이 나오기만 기다릴 수 없어 외래 주사실에서 '당일 입원 — 당일 퇴원'을 4일 동안 반복했다. 간수치가 높아진 인영이가 매일 서울 병원과 세종시 집을 오가는 게 부담이 될 수 있어 병원 근처 호텔에서 묵었다.

　첫날은 잠만 잘 상황이었기 때문에 조금 저렴한 숙소에서 묵었는데 윤영이와 인영이 모두 무섭다며 집에 가고 싶다고 했다. 다음날 병원 옆 특급 호텔에서 지낸 후론 두 딸 모두 집에 안가고 호텔에 더 있겠다고 떼를 썼다.

　인영이는 항암제를 맞으며 병원 복도 의자에서 누워 자다가 호텔 포근한 침구에서 피로를 풀었다. 그렇게 인영이는 비교 체험 극과 극을 찍으며 한 주를 넘겼다.

정산해보니 병원 치료비보다 호텔 숙박비가 갑절 이상 많았다. 중증 환자의 자기부담금을 낮추는 '문재인 케어' 덕분인지 치료비는 과거에 비해 많이 낮아졌다. 뜻 있는 사회시민단체들도 중증 어린이 치료비 국가 지원 운동을 벌이고 있다. 아픈 아이의 치료비를 100% 국가가 보장해주는 운동이다. 그러나 '배보다 배꼽이 더 크다'고 교통비, 숙박비, 식비 등 치료비 외 다른 비용이 만만치 않다. 특히 우리처럼 지방에서 올라오는 환아 가족들은 더욱 그렇다. 잘 모르는 분들은 "왜 집 근처에서 치료를 받지 서울을 왕복하면서 고생을 하느냐"고 묻곤 한다.

정말 그러고 싶다. 하지만 서울이 아닌 지방의 의료 인프라, 특히 소아암 분야는 믿고 치료할 곳이 많지 않다. 우리가 살고 있는 세종시는 종합병원 하나 없다. 다른 지방도 대부분 마찬가지다. 그래서 지방의 환아들은 서울의 특정 병원으로 몰릴 수밖에 없다. 그럼 입원할 소아 무균병동이라도 넉넉하면 좋으련만 입원 순번을 기다리다보면 제 때 항암치료를 받을 수 없다.

소아 백혈병 환우들을 위한 무균 병동을 늘릴 예산이 없으면 나라에서 환우 가족들의 병원 인근 숙박 비용에 소득 공제 혜택이라도 줬으면 좋겠다는, 전혀 일어날 가능성이 없는 상상을 하다 쓴웃음을 지었다.

스마트폰과 기저귀,
이제는 이별할 때 (D+268)

집중 항암치료를 마치고 유지 항암치료 기간에 들어서면서 병원 가는 횟수가 크게 줄었다. 한 달에 한 번 항암치료차 입원하는 것 외엔 일주일에 한 번 혈액 검사를 받으러 병원에 가면 된다. 거의 한 달의 반반씩을 병원과 집을 오가던 지난 9개월 동안에 비하면 상전벽해(桑田碧海)라고 해야 할까.

인영이도 기분이 좋다. 가끔 밖에 나갈 때 또 병원에 데려가는 건 아닌지 의심하고, "이제 병원 가서 허리주사척수 검사 맞지 말자"고 신신당부하는 것 외에 병원에 대한 공포도 많이 벗어난 듯싶다. 간수치가 높아져 약 용량을 줄여 먹고 있는 것 외에는 치료도 무난하게 진행되고 있다.

여유가 조금 생기니 인영이 '생활 지도'에 나서야겠다는 생각이 들었다. 아픈 아이들 대부분이 그렇듯이 인영이는 스마트폰을 많이 본다. 무료한 무균 병동 입원 생활과 외래 치료에서의 긴 대기 시간, 고통스런 치료 과정을 달래기 위해 부모들은 아이들 손에 스마트폰을 쥐어준다.

며칠 동안 인영이를 관찰해보니 요즘도 하루에 2~3시간은 스마트폰을 만지작거리고 있었다. 인영이는 유튜브를 통해 자기가 보고 싶은 것을 검색해 볼 정도로 스마트폰을 다루는 데 능수능란(?)해졌다. 아내와 상의 끝에 모든 스마트폰을 숨겨놓기로 했다. 아내는 인영이보다 습관적으로 페이스북을 들락거리는 내가 더 스마트폰 중독이라고 꼬집었다.

솔선수범한다는 마음으로 인영이 앞에서 휴대전화를 만지작거리지 않기로 했다. 처음 시도했는데 역시 힘들었다. 인영이도 반발했다. 모든 급진적인 개혁에는 반발이 있는 것. 스마트폰을 달라고 떼를 쓰다 우는 인영이를 달래고, 레고 만들기와 보드게임 등 오프라인으로 놀아줬다.

스마트폰 중독보다 급한 건 아니지만 기저귀를 떼는 것도 서서히 시작해야 한다. 내년이면 우리 나이로 다섯 살인데 인영이는 여전히 기저귀를 사랑한다. 병원 생활을 오래 하다 보니 기저귀 떼는 훈련을 시킬 여유가 없었다. 인영이는 팬티 입자고 하면 기저귀를 가리키며 그게 팬티라고 한다.

그런데 솔직히 말하면 인영이가 기저귀를 오래 차는 것은 유전 같다. 아빠는 일곱 살 때 이불에 실수를 해서 이불을 빠는 엄마의 한숨 소리를 자주 듣고 자랐다. 아빠 피가 흘러서인지 언니 윤영이도 다섯 살 유치원에 가서야 기저귀를 뗐다.

이렇듯 인영이 생활 습관에 대해 생각할 수 있는 것만으로도 사는 낙이 있다. 제발 아프지만 않았으며 좋겠다고 생각한 게 그리 오래 전 일이 아니었다. 아직은 단풍 여행을 가거나 대하철이라고 바닷가에 갈 순 없지만 집 안에서 인영이가 언니와 투닥투닥 다투는 모습을 보는 것만으로 행복하다.

도복을 벗지 않는
태권소녀 (D+459)

인영이가 아파트 단지 안 태권도장에 등록했다. 시범 수업에 가서 생애 첫 닭싸움도 하고 언니, 오빠들 틈에 끼어 발차기를 해보더니 매일 가고 싶다고 엄마를 졸랐다.

유아반이 따로 있으면 좋으련만 저학년 언니 · 오빠들하고 같이 수업을 들어야하는 점 때문에 아내가 망설였다. 클래스에 참여하는 인원은 10명 안팎인데 가장 어린 친구가 여섯 살이고, 초등학교 3학년생도 있다. 일단 매일 엄마가 참관할 수 있다고 해서 태권소녀가 되고 싶다는 인영이 소원을 들어주라고 했다.

기자실에서 기사를 마감하고 있던 오후에 아내가 도복을 입고 찍은 인영이 사진을 보내왔다. 기사 쓰는 걸 멈추고 사진과 동영상을 반복해서 봤다. 요즈음 인영이를 지켜보는 하루하루가 감사의 연속이다. 불과 1년 전만해도 언니 등에 매달리던 까까머리가 이제는 언니보다 짜장면을 더 많이 먹는다. 어디가 아픈지 제대로 표현을 못하던 때가 엊그제인데 이제는 "앗 큰일 났다"며 걸음을 멈춰 엄마를 놀라게 한 뒤 "연료가 떨어졌어. 안아줘"라며 애교를 피운다. 아프지 않은 것만도 감사한데 언니, 오빠들 틈에 끼어 함께 운동을 하게 됐다고 생각하니 마음에 따스한 봄 햇살이 스며드는 기분이었다.

　퇴근하니 인영이는 여전히 도복을 입고 있었다. 땀 냄새가 나니 빨래를 하게 벗으라는 엄마의 말을 귓등으로 흘리고 발차기 연습에 열중이었다. 언니 윤영이는 동생의 발차기 실력이 시원찮았는지 개인 레슨을 해줬다. 윤영이의 태권도 경력은 여섯 살 때 2주 다니다가 무섭다고 끊은 게 전부다. 인영이는 저녁 외식할 때도 도복을 입고 나가더니 잘 때도 입고 잔다고 고집을 피웠다. 태권 수련이 피곤했는지 일찍 곯아떨어진 뒤에야 잠옷으로 갈아입힐 수 있었다. 태권소녀 인영이를 위한 도복 디자인 잠옷을 구해야겠다.

그때는 틀리고
지금은 맞다 (D+900)

평온한 일요일이었다. 퇴근 이후 대전에 사시는 어머니를 뵈러갔다. 가족 모두 가려 했는데 인영이가 컨디션이 안 좋다고 해서 혼자 갔다. 인영이는 2주 전부터 인후염으로 항생제를 먹고 있었다. 언니와 주거니 받거니 열이 났지만 그리 심하진 않았다. 전날인 토요일 동네 이비인후과에서 인영이는 다 나아가고 있다고 해서 안심하고 있었다.

어머니를 뵙고 돌아오는 길에 아내가 전화가 왔다. 인영이가 맥시부펜Maxibupen 해열제를 먹어도 열이 안내려간다고 교차로 쓸 수 있는 타이레놀Tylenol 해열제를 사다 달라고 했다. 일요일에 문을 연 약국을 찾아 헤매고 있는데 아내가 보낸 메시지의 숫자가 몇 분 새 계속 올라갔다. 38.5도, 39도, 39.5도...

8시 30분 경 집에 도착하니 인영이가 춥다며 침대에 누워 있는데 힘이 하나도 없어 보였다. 응급실에 가서 수액이라도 맞자며 침대 곁에 앉아 인영이를 보고 있는데 갑자기 인영이 눈에 초점이 흐려졌다. "인영아, 아빠야, 인영아!" 라고 외쳤는데 인영이 고개가 뒤로 젖혀졌다. 의식이 없었다. 아내에게 인영이 정신 차리게 하라 외치고 119에 전화를 걸었다. 애들이 열이 많으면 경련을 일으킨다고 듣긴 했지만 이런 일은 난생 처음이었다. 구급대원들은 인영이에게 간단한 처치를 한 뒤 30분 거리인 대전○○병원으로 가자고 했다. 가족 네 명 모두 구급차를 타려하니 엄마만 타고 아빠는 차를 타고 뒤따라오라고 했다. 친형같은 동네 형님 집에 윤영이를 맡기고 혼자 운전대를 잡았다.

구급차에 탈 때까지 의식이 없던 인영이 상태가 궁금해 운전하면서 아내에게 전화를 했지만 받지 않았다. 주기도문을 암송하려하는데 사도신경과 짬뽕이 된 엉터리 기도문이 입에서 나왔다. 운전대는 계속 흔들렸고 오만가지 생각이 머릿속을 휘저었다. 조금만 더 일찍 일요일에 문을 연 약국을 찾았더라면, 어머니 집에 가는 것을 한 주만 건너뛸 것을... 후회가 몰려오면서 무서웠다. 내 바로 앞에서 인영이가 의식을 잃었는데 아빠는 지켜주지도 못하고, 아무 것도 해 줄 수 없었다.

응급실에 거의 도착할 무렵 119 대원에게서 전화가 왔다. 아이가 의식을 찾았고 괜찮으니 조심히 운전하고 오라는 전화였다. 차 안에서 나도 모르게 울음이 터져 나왔다. 인영이도 응급실 한 켠에서 수액을 맞으며 울고 있었다. 다행히 열은 떨어졌지만 만 5세 이상은 열성 경련이 잘 일어나지 않아 조금 걱정이 된다고 의사는 말했다.

원래 화요일이 예정된 항암 치료가 있는 날이었지만 하루 바삐 인영이 상태를 체크해 봐야했다. 월요일 아침 교통체증을 피하기 위해 응급실에서 나와 집에 잠시 들렀다 한밤중에 서울로 향했다. 혹시 몰라 입원에 필요한 짐을 쌌다. 새벽 2시에야 지쳐 잠든 인영이를 병원 앞 호텔에 눕힐 수 있었다. 나 역시 쉽게 잠들지 못했고, 한 시간마다 잠이 깨 인영이 열을 체크했고 그때마다 악몽을 꿨다.

오늘 아침 확인해보니 다행히 인영이 혈액 수치는 큰 이상이 없었다. 다만 몸속에 침투한 바이러스와 싸우느라 백혈구와 중성구 수치가 평소보다 5배 이상 높아 항암치료는 일주일 뒤로 미뤄졌다. 인영이를 태우고 집에 오는 길에 2

년 6개월 전의 일이 떠올랐다. 인영이는 어제 간 대전○○병원 그 응급실에서 백혈병 의증 진단을 받았다. 그리고 다음 날 차 뒷 좌석에 아내와 인영이를 태우고 지금 치료받고 있는 서울의 병원으로 향했었다. 그때도 윤영이를 그 형님 댁에 맡겼다. 그때는, 아내와 인영이를 서울 병원의 낯선 무균병동에 남겨둔 채 혼자 내려올 수밖에 없었다.

하지만 이번에는 달랐다. 어느 장난감 백화점을 갈지 고민하며 도대체 몇 분 남았냐고 조잘대는 인영이의 목소리를 들으며 집에 돌아왔다. 반나절 사이에 세종과 대전 두 번 왕복, 세종 — 서울 운전에 에너지 음료의 힘을 빌려 운전을 했지만 안전하게 돌아왔다. 인영이는 밤늦게까지 자지 않고 하루 만에 상봉한 언니와 놀았다. 홍상수 감독의 영화 제목이 옳다. 그때는 틀리고 지금은 맞다.

결혼 11주년
대천 여행기 (D+359)

아내와 결혼한 지 11년이 됐다. 10주년이 되면 애들과 함께 해외여행을 가기로 약속했었는데 지난 해 이맘때 인영이가 아파 그 약속을 지키지 못했다. 아내는 결혼기념일에 집에 있기 싫은 눈치였다. 인영이도 컨디션이 좋아 결혼기념일을 끼고 가까운 대천으로 1박 2일 여행을 떠났다. 대천은 결혼 전 아내를 꾈 때 처음 갔던 여행지다. 만난 지 한 달 정도 된 어느 봄 날, 조개 구이에 소주를 마시며 감언이설로 아내를 홀렸었다.

12년 만에 다시 찾은 대천의 밤은 그때와 달라도 너무 달랐다. 파릇파릇했던 우리 부부는 어느새 같은 40대가 되어 있었다. 조개구이를 서로의 입에 넣어주며 달콤한 말을 속삭이던 모습은 온데 간 데 없이 아이들을 하나씩 붙잡고 조갯살을 발라주고 있었

다. 윤영이가 가고 싶다고 해서 간 노래방에서 아내는 윤영이 동요를 찾느라 정신이 없었고 나는 잠든 인영이를 안고 있었다. 집에서 가져 온 와인을 마시면서 분위기를 잡으려 했지만 아이들은 아빠·엄마 둘이 있는 꼴을 못 보는지 밤 12시까지 초롱초롱. 결국 아내는 아이들과 방 침대에서 잠들었고, 나도 곧 초장 묻은 러닝 셔츠를 입은 채 거실에서 코를 골았다.

아내를 좋아했던 이유는 나와 달랐기 때문이다. 아내는 외고에서 전교 1등을 놓치지 않았고 S대에 장학금을 받고 입학한 모범생이었다. 반면 나는 공부보다 농구가 전공인 지각대장이었다. 아버지가 고3 담임 선생님께 합격 감사 전화를 드렸을 때 선생님의 첫 반응은 "성규가요?"였다. 아내는 은행을 다니며 두 동생들의 서울 생활을 뒷바라지한 효녀였고, 나는 용돈은 꼬박꼬박 입금했지만 일주일에 전화 한 통 할까 말까한 '무늬만' 효자였다. 나는 독실한 기독교 가정에서 자랐고, 아내는 뿌리 깊은 불교 집안이었다. 무엇보다 아내는 연애 초짜였고, 나는 연애 박사였다.

집안에 보태느라 모아놓은 돈이 별로 없다는 아내에게 내가 한 이천만 원 정도 모았다며 둘이 벌면 금방 집 사고 잘 살게 될 거라며 꾀었고, 연애 6개월 만에 결혼에 골인할 수 있었다. 결혼한 뒤 통장을 달라는 아내에게 마이너스 통장을 건네면서 부채도 자산이라고 우기던 철없는 남편이었다.

결혼 생활은 힘들었다. 나와 다른 점이 좋아 결혼했는데 하고 나니 다른 점이 불편했다. 일주일에 다섯 번은 술을 먹어야 제대로 된 기자라는 신념을 갖고 있던 나에 비해 아내는 남편과 모든 것을 함께하고 싶어 했다. '인생은 결국 혼자다'라는 개똥 철학을 버리지 못하는 철없는 기자를 아내는 이해하지 못했다. 결혼 3년 차 윤영이가 태어나기까지 전쟁의 연속이었다. 순하던 아내도 전사가 돼 치열한 전투를 벌였다. 하지만 둘째 인영이가 생긴 뒤 백기투항했다. 예쁜 딸을 둘이나 낳아준 아내이기에 더 이상의 전

투는 무의미했다. 정권은 5년마다 바뀔 수 있지만 절대 권력은 무한하다는 진리를 뒤늦게 깨달았다고나 할까.

파업 후유증으로 힘들어하던 중 세종시 파견 근무를 지원했고 아내는 졸지에 지방 근무를 하게 됐다. 두 아이를 키우느라 4년 동안 육아 휴직을 한 아내는 승진에서 불이익을 받았다. 다음번에는 승진이 확실할 것 같다며 전의를 불태우던 아내는 인영이가 아프면서 다시 휴직계를 냈다. 여행길에서 아내는 자기 같은 여자 대리를 회사 내에서 '늑대(늙은대리)'라고 부른다며 웃었다.

11년 동안 그래도 하고 싶은 거 다 하고 살았던 나에 비해, 아내는 엄마라는 이유로 희생하고 손해만 보고 살았다. 그러면서 아내는 가정을 지켰다. 철 안든 남편을 다독이며 때론 혼내며 여기까지 우리 가정을 끌고 온 건 8할이 아내 덕이다. 대천 가서도 하지 못한 고맙고 사랑한다는 말을 이제야 하고 싶다.

2장

기자에서 아빠가 되었다

아빠 이야기

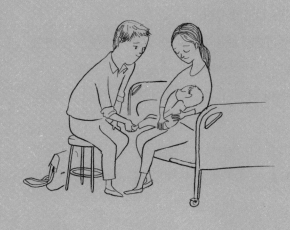

기자 아빠의 숙명 (D+290)

2002년부터 기자생활을 했으니 얼추 17년이 지났다. 정치, 경제, 사회부를 두루 다녔지만 '삐딱한' 시선은 한결같았다. '기자는 비판하는 것이 업(業)'이라 배웠고, 이를 실천하려 노력했다. 후배들에게도 그렇게 가르쳤다. 비판 기사, 업계 용어로 소위 '조지는' 기사는 일반 발표 기사나 잘했다 칭찬하는 기사보다 쓰기가 2배, 3배 이상 힘들다. 논리적이어야 하고, 빈틈이 없어야 한다.

잘못하면 언론중재위원회에 갈 수 있고 명예훼손 등 송사에 휘말릴 수도 있다. 기사 한 줄 한 줄의 모든 책임은 기사 말미 바이라인에 적힌 'ㅇㅇㅇ기자'가 지는 것이 기자의 숙명이다.

여러 출입처를 다니면서 취재원들로부터 가장 많이 들었던 말은 그만 좀 조지라는 말이었다. 그런데 인영이가 아프면서부터 비판 기사를 쓰는 것이 힘들어졌다. 인영이가 아픈 이후 많은 취재원들이 물심양면으로 도움을 줬다. 세종에서 함께 생활하는 친한 기자와 공무원들은 청사 안으로 헌혈차를 부르기까지 했다. 바쁜 일상 속에서 헌혈을 하는 게 쉽지 않은 일임에도 많은 분들이 동참했다. 그래서인지 어떤 기사를 쓰려고 하면 나도 모르게 그 취재원과 인영이가 겹쳐 생각이 난다.

한 친한 동갑내기 기자는 '부모도 깐다. 자식도 깐다. 어제 같이 밥 먹었어도 깐다. 깔 사안이면 누구든지 깐다'고 저널리즘을 정의했다. 이 말에 전적으로 동의하지만, 막상 이런 상황에 닥쳐 겪어보니 쉽지 않은 일이었다.

오락가락한 경제 정책의 방향성을 문제 삼는 기사를 쓰러 마음먹고, 해당 부처 담당 국장에게 전화를 걸었다. '본분에 충실하자'고 다짐하며 독한 질문을 마음에 담고 전화를 걸었는데 상대방이 먼저 말을 건넨다.

"아! 이기자, 안 그래도 궁금해서 전화 한 번 하려고 했는데. 애기 아픈 건 어때요?"

"아, 국장님, 모두들 기도 많이 해주셔서 차도가 좋습니다."

"다행이네요. 헌혈증 필요하면 또 말해요. 전에 한 번 해보

니 할 만하던데요."

"지난번에 많이 해주셔서 충분합니다. 고맙습니다."

"내가 많이 기도하고 있어요. 그런데 이기자, 전화한 용건이 뭐예요?"

"…… 아, 네. 뵌 지도 오래되어서 식사 한 번 하시자고요. 하하하"

전화를 끊고 나니 식은땀이 났다. 취재원에게 전화를 하기 전 예상 질문을 수십 번 연습했던 수습 시절로 돌아간 것 같아 혼자 웃었다.

노련한 취재원은 이런 나의 약점(?)을 십분 활용하기도 한다. 비판적인 기사가 나오고 수정을 부탁하는 전화를 해선 용건보다 인영이 안부를 먼저 묻는다. 우선 상호우호적인 분위기를 만든 뒤 툭 던지는 한마디.

"이기자, 이 단어만 하나 좀 빼줘. 우리도 장관한테 생색낼 건 하나 있어야지."

세종시로 파견근무를 온 이후부터 인영이가 아프기 직전까지는 일이 술술 잘 풀렸다.

한국기자협회에서 주는 '이달의 기자상'도 2번 받았고, 미국 연수도 확정됐다. 가족들도 서울보다 여유로운 세종시 생활을 즐겼다. 내 인생에 이런 시절이 있었나 싶을 정도였다. 그러다보니 '인생 별 거 아닌데?'란 건방진 생각에까지 다다랐다.

그런데 덜컥 인영이가 아프고 나자 내 알량한 자만을 지탱했던 모든 것들은 순식간에 무너졌다. 그리고 삶은 겸손한 마음으로 마주해야 한다는 당연하지만 잊을 뻔했던 진리를 다시 깨달았다.

아마 인영이가 아프지 않았더라면 기자 초년병 시절 경멸

했던, 어깨에 힘만 잔뜩 들어간 꼰대 선배로 변해갔을지 모를 일이다.

인영이가 아빠에게 기자로서 자만하지 않고, 어떤 기사를 쓰더라도 한 번 더 심사숙고하게 만들어줬다. "인영이가 아빠를 사람 만들었다"는 말은 부인할 수 없는 팩트다.

Wanna be 슈퍼맨, But... (D+114)

무균 병동 입원생활 한 달 만에 일상으로 돌아왔다. 만나는 이들 모두 인영이의 안부를 묻고, 수십 번 반복되는 질문에도 기쁘게 인영이의 상태를 전한다.

"퇴원 이후 잘 먹고 잘 놀아요. 열도 안 나고 어젯밤부터는 춤도 추기 시작했어요. 모두들 기도해주신 덕분입니다."

즐거운 마음은 오후로 갈수록 무거워진다. 내일은 인영이가 다시 두 번째 항암치료를 받기 위해 입원해야 하는 날이다. 오후 5시 병원 병실 담당 간호사로부터 전화가 왔다. 대기 환자가 많아 내일 입원이 힘들다는 우울한 소식을 전했다. 최소 일주일에서 열흘 정도 기다려 무균 병동에 입원하거나 1인실을 사용해야 한단다. 1인실 입원비를 물어보니 57만 원이라고 친절히 대답해준다.

'이분들이 내가 정말 부자인줄 아는구나.'

당연히 정해진 스케줄에 맞게 진행돼야 할 항암치료인데 병실이 없으니 무작정 기다리든지, 아니면 왕복 4시간의 거리를 매일 출퇴근하면서 어른도 견디기 힘든 항암치료를 받아야 한다. 또 다른 옵션은 하루 57만 원짜리 방.

아이가 아픈 것도 억울한데, 아이를 제대로 치료해주기 위해서는 하루 일당 57만 원짜리 직업을 갖고 있거나 아니면 고도의 인내심을 가져야 한다.

애초 우리에게 선택지는 없었다. 병실이 꽉 찬 상태에서 예정된 항암치료를 미룬 채 최소 일주일을 기다릴 수 없는 노릇이고, 1인실을 쓸 만큼 우리는 부자도 아니기 때문이다. 하루 종일 인영이를 병원에 제때 입원시켜야 한다는 강박감에 시달렸지만, 내가 깨달은 것은 없는 병실을 만들어내는 '슈퍼맨 아빠'가 될 수 없다는 사실이었다. 집에 오는 길에 무력감이 몰려왔다. 퇴근길 운전대를 잡으며 스스로 몇 번이고 다짐했다.

'인영아, 아빠가 어떤 어려움이 있더라도 우리 인영이 잘 치료받게 해서 빨리 낫게 해줄게. 아빠 믿지?'

꿈속에서라도 날고 싶었다.

내일도 1등 아빠 (D+257)

　오블로모프Oblomov는 러시아 작가 이반 곤차로프Ivan Alek-sandrovich Goncharov의 소설 속 주인공이다. 그는 인생의 반 이상을 침대에서 보낸 타고난 게으름뱅이다. 러시아 문학 전공자로서 대학시절 영화 〈오블로모프1980〉를 봤는데 러닝타임의 반 이상이 자는 장면이어서 같이 졸았던 기억이 있다.

　소싯적 오블로모프였던 적이 있다. 아침잠이 많던 고등학생 시절 아침 보충 수업을 이틀에 한 번 꼴로 빼먹었고 오전 8시가 넘으면 어김없이 담임 선생님께서 집에 전화를 하셨다. 그때마다 어머니, 아버지는 담임 선생님임을 직감하고 서로 전화 받기를 미뤘고, 나는 이불 속에서 그 광경을 지켜보곤 했다. 기자 초년병 시절에도 그 버릇을 못 고쳐 자취방 침대 안에서 목소리를 가다듬고 사회부 사건팀장인 캡의 전화를 받았던 때도 있었다.

인영이 치료를 위해 병원 앞 호텔 생활을 하면서 새벽에 중요 업무가 주어졌다. 인영이는 매일 낮 병동 입·퇴원을 반복하기 때문에 정해진 병상이 없다. 새벽 7시 항암 주사실 문을 열 때 가장 먼저 진찰 카드를 찍으면 8시 진료가 시작될 때 병상 우선 선택권이 주어진다. 30~40개의 병상이 있는 주사실의 명당 자리는 단 2개 뿐이다. 두 자리는 보호자가 앉는 공간이 넓을 뿐 아니라 창가 자리라 따스한 햇볕이 들고 답답하지 않다. 어느 환우 아빠는 그 자리를 '스위트룸'이라고 표현하기도 했다.

오늘도 어김없이 1등을 했다. 알람을 맞춰놓고 자지만 알람이 울리기 전 새벽 5시 전후면 자동적으로 눈이 떠진다. 아내와 인영이가 깰까봐 조용히 병원으로 향한다. 6시쯤 도착하면 주사실 문은 잠겨있고 청소 아주머니가 청소 준비를 하고 계신다. 그때 아주머니를 잠깐 도와드리다가 시간에 맞춰 임무를 수행한다. 가장 먼저 진찰 카드를 찍고 호텔로 돌아갈 때면 1등 아빠가 된 기분이다. 인영이가 아프기 전 꼴등 아빠였기에 만회하기 위해서는 앞으로도 계속 1등을 해야 한다. 나는 내일도 1등 아빠다.

슬픈 계란왕 (D+570)

인영이는 계란을 무척 좋아한다. 특히 엄마가 해주는 구운 계란을 좋아해 어떤 날은 하루에 7~8개씩 먹기도 한다. 매달 한 주씩 스테로이드약을 먹을 때는 약발(스테로이드는 식욕을 왕성하게 해준다) 때문에 계란을 더 자주 많이 먹는다.

그런데 최근 살충제 계란 파문 사태를 보면서 참담했다. 아내는 살충제가 검출된 49개 농장의 난각 표시계란 표면에 적어 놓은 숫자를 유심히 보더니 몇몇 숫자는 낯이 익다고 했다. 인영이만 먹일 생각으로 비싼 가격에 구입한 친환경 계란도 살충제 계란이었다며 울상을 지었다.

살충제 계란에 대한 국민 불안이 커지자 대한의사협회는 살충제 계란이라도 하루 2개 정도까지 섭취하는 것은 몸에 이상이 없다고 발표했다. 그러면서 중장기적인 섭취 시의

영향은 알 수 없다고 덧붙였다. 중장기적인 섭취 인체 유해성도 모른다고 하면서 하루 2개까지는 괜찮다고 하는 논리는 무책임하다. 아니 의협을 욕할 일은 아니다. 그에 앞서 무책임한 정부가 있다. 살충제 계란 사태가 터지기 불과 며칠 전, "안심하고 먹어도 된다"라고 말하던 무능력한 식품당국 수장도 있다.

지난해 인영이의 백혈병 발병 초기에 '가습기 살균제 사태'가 터졌다. 면역력이 약한 백혈병 환아들을 위해 집안 청결은 필수다. 집안에 균이란 균은 하나도 남겨선 안 되기 때문에 청소 및 위생용품은 백혈병 환우 가족에게 필수품이다. 그때 대부분의 환우 가족이 썼던 청소용 항균제가 가습기 살균제처럼 호흡기에 치명적인 질환을 일으킬 수 있다는 소문이 일었다. 이 제품을 써도 되는지 의료진 등 누구에게 물어도 속 시원히 대답해주지 않았다. 그냥 알아서 판단하고 아이가 더 아프면 알아서 책임져야 했다. 그래서 어떤 아빠들은 '먹지 마시오'라고 돼 있는 항균제를 눈 딱 감고 마시는 방식으로 스스로 마루타가 되기도 했다. 그렇게 해서라도 아이들이 안전할 수 있다면 좋으련만 그조차 장담할 수 없었다.

가습기 살균제 사태가 발생한지 1년이 지나도 아이를 안전하게 키우기 어려운 나라라는 사실은 변하지 않았다. 저녁에 인영이가 먹을 볶음밥을 만들며 계란을 넣지 않았다. 밥 대신 계란이라도 많이 먹으라고 하고, 계란 먹는 모습을 보며 기뻐했던 아빠는 참담할 뿐이다.

아빠의 청춘 (D+144)

3년 전, 갓 태어난 인영이를 데리고 내려왔던 곳에서 이사를 준비하고 있다. 갓난아기였던 인영이가 조잘조잘 제가 하고 싶은 말을 다하게 된 세월의 두께만큼 살림살이도 크게 늘었다. 지난 주말부터 내내 짐정리에 정신이 없었다. 20년 전부터 간직해오던 연애 편지 묶음을 이제는 더 이상 좌시하지 않겠다는 아내의 엄포에 옛 추억을 정리하다가 20년 전 '꿈'들을 발견했다.

스무살 초반, 군 입대 전 자랑스럽게 탈고했던 단편소설이 게재된 학회 문집, 군 시절 해안 경계라는 미명아래 바다를 벗 삼아 썼던 습작 시 뭉치들, 번번이 떨어지던 언론사 시험 때문에 위축된 채 찍었던 졸업 사진까지.

감히 말하자면 그때는 기형도 시인처럼 살고 싶었다. 졸업 사진 찍을 때 입을 양복을 친구에게 빌려 입고, 학관 식당에서 반찬 한두 개 더 집을까 말까 고민하던 부족한 시절이었지만 그래도 글을 쓰겠다는 꿈은 단단했다. 20년이 지나고 보니, 글쓰는 걸로 밥벌이를 하고 있긴 한데 내가 꿈꿨던 글은 아니다. 경제학개론 교양 수업을 밤샘 공부하고 C학점 받았던 사람이 기자 생활의 절반 이상을 경제 기사를 쓰면서 보내고 있으니 말이다.

세 여인이 모두 잠든 이 밤, 맥주 한 잔 들이켜며 옛 추억 들춰보니 '아빠의 청춘'이란 노래가 듣고 싶어진다.

딸들아,

이제는 염색 안하면 반백의 머리가 되고,

너희들이 남긴 음식 버리기 아까워 식탁에 홀로 앉아 꾸역꾸역 먹어대고,

"벙개 팡요(번개 파워)" 너희들 손짓에 뒤로 벌러덩 넘어지는 발짓 연기를 하고,

매일 밤 엄마 옆에서 자겠다고 싸우는 너희 둘 모습을 부러운 듯 쳐다보며,

"아빠는 방귀쟁이"라고 놀림을 당하는 처지지만,

아빠도 한때는 아름다운 청춘이었단다.

물론 그 시절로 돌아가고 싶은 마음보다 지금 너희 둘을

등에 태우고 달리는 경주마 인생이 더 좋지만, 그래도 나중에 너희가 아빠의 그 시절 나이만큼 되었을 때, 아빠의 청춘을 한 번쯤 생각해주길 바란다. 아빠는 그걸로 족하단다. 내 사랑하는 두 딸아.

나는
극성 아빠 (D+144)

병원에 민원을 했다. 인영이는 외래 진료를 받을 때마다 채혈을 해야 한다. 혈액 수치가 정상인지, 수혈이 필요한지 체크하기 위해 채혈은 필수적인 과정이다. 지금까지는 인영이 가슴에 삽입돼 있는 중심 정맥관에 바늘을 꼽아 채혈을 했다.

그런데 병원에서 생후 36개월 이후부터는 어른과 똑같이 외래 채혈실에 가서 손등에서 혈관을 찾아 주사로 채혈을 해야 한다고 했다.

가슴 정맥관은 단 한 번 가슴에 바늘을 꽂으면 되지만, 이제 막 만 세 살을 넘긴 인영이에게 손등 채혈은 항암 주사보다 더 큰 공포다. 그래서 외래를 앞두고 병원에 부탁을 했다. 최소한 집중 치료 기간인 올해까지는 가슴 정맥관으로 채혈을 해 달라고.

그런데 주사실에서 가슴 정맥관으로 채혈한 뒤 나온 아내 표정이 울음을 터뜨릴 것처럼 일그러져 있었다. 한 간호사가 이렇게 민원하는 것을 부끄러워해야 한다며 이번이 마지막이라고 아내에게 면박을 줬는데, 아무 말도 하지 못하고 나왔다고 했다.

지하에 내려가 아침도 굶은 인영이에게 칼국수를 사 먹이다 열불이 나서 3층 주사실로 뛰어 올라갔다. 그 간호사에게 민원을 한 장본인은 나라고 말했다. 하지만 하나도 부끄럽지 않다고 했다. 오히려 부끄러워할 것은 어린 환자들의 고통을 조금이라도 덜어주지 못하는 당신들이 부끄러워해야 한다고 말했다.

간호사는 병원 규정상 그렇게 돼 있어 어쩔 수 없다고 했다. 그런 규정이 정말 있다면 따르겠다고 사무실에 들어갔다. 그러나 함께 찾아본 병원 규정에는 미취학 아동은 가슴 정맥관으로 채혈한다고 적혀 있었다.

수간호사로 보이는 분은 이건 항암 치료 시 소아 규정이고, 오늘은 인영이가 항암 치료를 받는 날이 아니기 때문에 오늘 인영이에게 해당이 안 된다는 이해할 수 없는 이유를

댔다.

오후 3시 36분에 예약한 외래 진료를 위해 12시에 세종고속버스터미널에서 출발해 병원에 2시에 도착했다. 진료 1시간 30분 전에 채혈을 했지만 외래 진료는 1시간 넘게 지연돼 5시가 돼서 1분 남짓의 교수님 면담을 했다. 인영이는 다시 2시간 넘게 걸려 집으로 돌아갔다.

처음에는 불합리한 병원 관행에 따질 때마다 아내가 나를 말렸다. 그래봤자 바뀔 것은 없고 인영이한테 더 해가 될까 무섭다고 했다.

그러나 환자와 환자 가족은 을이 아니다. 고통 받지 않고 치료를 받을 권리가 있다. 가슴 정맥관으로 채혈을 하는 데드는 시간은 길어야 1~2분 정도다. 정말 백혈병 전문 주사실 인원이 부족하면 채혈실에 가슴 정맥관 채혈이 가능한 의료진을 한 명 배치해놓으면 된다.

병원은 입원 환자한테까지 꼬박꼬박 주차비는 받아가면서 환자들의 불편과 고통은 '인력 부족'이라는 이유로 외면하고 있다.

그래서 나는 다음번 인영이 외래 진료 때도 불합리한 부분에 대해 민원을 할 생각이다. 입원 순서 앞당기기 등 내 아이에 대한 민원으로 다른 환아가 피해를 입는 행동은 하지 않겠지만 의료진이 조금 불편하고 인력이 부족하다는 이유로 인영이가 받지 않아도 될 고통을 받는 것은 꼬박꼬박 민원을 해서라도 아프지 않게 해줄 테다.

난 극성 아빠다.

막무가내 정신, 이인영.
아빠배 생일 대회에서
MVP로 선정되다 (D+523)

생일이었다. 내가 사랑하는 세 여인은 각자 나름대로 멋진 플레이로 아빠의 생일을 축하해줬다. 축구 평점 전문 사이트인 후스코어드닷컴whoscored.com과 아무 상관없이 아빠표 평점을 매겨봤다.

이윤영(9):평점 9.9

모아둔 용돈으로 이마트에서 가장 비싼 반팔 셔츠를 선물해줬다. 그것만으로도 감동이었는데 야구 쿠폰(저녁에 같이 야구 보며 밤을 불태우자), 슈퍼 심부름 쿠폰(아빠 심부름 언제든지 OK) 등 30여 종의 쿠폰북을 선물했다. 단 어젯밤에 '아빠랑 같이 자기' 쿠폰을 쓰려했더니 아빠 생일날부터라고 거부하더니 오늘은 주말에만 쓸 수 있다는 단서를 내걸었다. 지난해에도 비슷한 쿠폰북을 선물받았지만 한 번도 제대로 사용하지 못했던 악몽이 떠오른 것은 옥의 티.

학교에서 만든 '아빠, 엄마 이렇게 해주세요' 신문에 "친구들이 가족들과 자주 놀러가는 게 부럽다"는 속내를 드러내 아빠에게 미안한 마음이 들게 하기도 했다.

김미선(38):평점 8.0

호기롭게 아침에 미역국을 끓여준다고 약속했지만 늦잠을 잔 뒤 미역 대신 사과즙을 건넸다. 저녁때는 닭볶음탕을 하던 중 힘에 부치는지 미역국은 내일 끓여주겠다며 타협을 요구했다.

휴대전화가 집 한 쪽 구석에서 잘 터지지 않는다는 석연찮은 이유를 들먹이며 다음 달 자신의 생일이 되기 전에 휴대전화를 미리 생일 선물로 주면 안되겠냐고 압박을 가하기도 했다. 그래도 외식을 하라는 주변 언니들의 조언을 거부하고, 두 아이와 씨름을 하면서 남편 생일상을 직접 차린 공격적인 시도는 높이 살 만 하다.

이인영(4): 평점 4.9

아침에 아빠 생일이라며 아빠에게 선물로 무엇을 해줄거냐는 질문에 어리둥절한 표정을 지으며 무시했다. 아빠 생일인데 뽀로로 케이크를 요구했고 집에 돌아오자 케이크에 불을 켜라고 성화를 했다. 불을 붙여 생일 축하 노래를 유도했지만 따라 부르지 않고 먹기만 했다. 늦은 낮잠을 잘 때 에어컨과 선풍기로 온도 조절을 해준 아빠의 은덕을 모르고, 깨자마자 엄마만 찾았다. 그러면서 "아빠 말"이라고 말 타기를 당당히 요구했다.

MVP: 이인영(4)

그의 막무가내 정신은 전세계 어느 리그에서나 통할 수 있다. 특히 놀 때만 아빠를 이용해먹고 아빠가 원하는 것을 '생까는' 모습은 매력적이다 못해 치명적이다. 아빠가 화가 날듯하면 새싹이 돋듯 푸르스름한 민머리를 만지며 "아이 머리 없어~"라고 말하는 플레이는 아빠의 심금을 울리기에 충분하다. 그녀는 오늘 뿐 아니라 언제나 아빠 마음속의 MVP!

이유는 없습니다
-워라밸 (D+753)

    불과 몇 년 전만 해도 휴가를 쓰겠다고 하면 선배들이 "무슨 일 있느냐"고 물어보곤 했다. 나부터 팀 후배에게 그렇게 말했던 것 같다. 물론 기자는 자기가 맡은 나와바리_{기자의 담당 취재 분야 및 담당 구역을 나타내는 속어}가 365일 돌아가기 때문에 이유 없이 '그냥' 휴가를 가기가 쉽지 않은 구조다. 하지만 기자도 월급쟁이다. 자신이 열심히 일한 대가로 주어진 연차 휴가는 거리낌 없이 써야 한다. 무슨 특별한 일이 있어야 쉬는 것은 휴가가 아니라 또 다른 일의 연속이다. 휴가는 그냥, 이유 없이 쉬는 것이다.

    이런 개똥철학으로 설 연휴에 쉰 것도 모자라 연휴에 붙여 며칠 더 휴가를 냈다. 이유는 없었다. 20일 넘는 연차를 차근차근 다 소진하기 위한 첫 발걸음이었다.

모두가 출근한 오전, 우리 가족은 마지막 겨울을 즐기러 충북 청양 눈 축제장으로 향했다. 김밥을 사러 간 분식집은 한산했고, 고속도로에는 앞뒤 수백 미터에 우리 차밖에 없었다. 눈 축제장 역시 한적했다. 난생 처음 진짜 눈썰매장에 온 인영이는 봅슬레이, 눈썰매, 튜브썰매 등 각종 동계 스포츠를 마음껏 즐겼다. 강원도 빙어 축제에 비할 바는 아니었지만 윤영이 소원이었던 빙어 낚시 체험도 했다. 30분 정도 해서 8마리를 잡아 만 원에 한 접시 하는 빙어 튀김에 보탰다.

집에서 40분 운전해 10만 원 정도만 지출하면 두 딸의 웃음 소리를 하루 종일 들을 수 있는 천국이 있었다. 군밤을 장작불에 직접 구워 두 아이의 입 속에 넣어줄 때 내 배가 불렀고, 인영이를 꼭 안고 함께 썰매를 탈 때의 기분은 달콤했다. 빙어 낚시장에서만큼은 두 딸이 엄마를 외면한 채 아빠만 찾았다. 그 때의 기분이란 '1톱 3박1면 톱과 3면 전체에 싣는 특종 기사'을 썼던 때보다 더 짜릿했다.

워크 앤 라이프 밸런스Work & Life Balance, 줄여서 워라밸이라고 부른다, 일과 삶의 균형은 이제 역행할 수 없는 시대의 흐름이 됐다. 일도 삶의 일부지만 일을 삶의 전부로 삼다가 노년에 '왕따'

가 됐다는 선배들의 이야기를 우리는 이솝우화만큼 오랫동안 숱하게 들어왔다. 아마 인영이가 아프지 않았다면 나 역시 일이 삶의 전부인 양 살았을 지도 모른다.

이 글을 읽는 아빠들이여, 묻지마 휴가를 내시라. 회사에서 한소리 들을 수 있겠지만 그보다 백배는 더 행복해질 수 있다는 사실을 보장한다.

아빠도
철 없는 아들이다 (D+495)

어머니는 홈쇼핑 마니아다. 2014년 아버지가 돌아가신 뒤 혼자 생활하시면서 TV 홈쇼핑 채널을 보다 이것저것 사 모으는 게 버릇이 되셨다. 지난 주말 어머니 집에 갔더니 물건 하나를 쓱 내놓으셨다. 아침마다 머리에 뿌리는 흑채였다. 갓 마흔 넘겨 반백이 된 아들 머리가 걸리셨나 보다.

당신의 머리는 백발이면서 아들 흑채를 산 게 짜증이 나서 이런 걸 왜 샀냐고 역정을 냈다. 얼마냐고 물으니 3만 원밖에 안된다면서 굳이 내 손에 쥐어 주셨다.

어머니를 만나기 전날, 아내 몰래 인영이를 데리고 가서 3만 원 짜리 포크레인 장난감을 사줬다. 인영이는 "우와 우와~" 하며 "아빠 최고!"를 연발했다. 같은 3만 원을 썼는데 어머니는 아들한테 좋은 소리를 못 들었고, 그 아들은 딸아이한테 최고의 아빠가 됐다.

인영이가 아픈 이후로 제일 소홀하게 대했던 것이 어머니였던 것 같다. 내 자식이 아프니 어머니 봉양이 부담스러웠다. 지난 해 여름 어머니 칠순이었는데 인영이를 핑계로 제대로 잔치도 못해드렸다. 일주일에 한 번 찾아가 뵙는 걸로 아들 노릇 다했다고 자위했다.

내가 인영이 나이쯤, 어머니는 서울 홍제동 고가 밑 시장에서 좌판 장사를 하셨다. 자주 따라다녔는데 배고프다고 집에 가자고 조르면 어머니는 백 원짜리 동전을 내 손에 쥐어 주셨다. 반짝이는 동전을 가지고 시장통을 돌아다니다보면 어느새 해가 졌고, 어머니는 그날 팔지 못한 신발 꾸러미를 등에 지고 집에 가자고 하셨다. 한손엔 장난감 포크레인을 들고 다른 한손으로는 아빠 손을 꼭 쥔 인영이처럼 나도 엄마 손을 꼭 쥐었던 것 같다.

내일은 흑채를 바르고 출근해야겠다.

딸에게 보내는
첫 편지 (D+240)

인영아,

아빠는 이 세 글자를 써놓고 한동안 네 이름만 뚫어지게 쳐다봤구나. 너에게 하고 싶은 말이 너무 많아 노트북을 열었는데, 마치 첫사랑 소녀에게 아무 고백도 못하고 얼굴만 빨개진 소년이 된 기분이야. 그래, 차근차근 하고 싶은 말들을 내려놓아볼게. 아빠는 지금 너에게 사랑 고백을 해야 잠들 수 있을 것 같거든.

너는 아빠 인생에서 가장 힘들 때 찾아왔어. 2012년 여름, 아빠는 6개월의 파업 막바지에 일주일 동안 단식을 하는 등 심신이 만신창이가 돼 있었어. 누가 툭 건드리면 항상 우는 울보였기도 했고.

그때 즈음 네가 엄마 뱃속으로 찾아왔다는 소식을 들었

어. 미안하지만 그땐 기쁘기는 했지만 '삶의 무게가 더 늘어났구나'라는 철없는 생각도 했단다.

이듬해 봄. 네가 태어나고 너를 데리고 세종시로 내려오면서 비로소 아빠는 네 미소에 푹 빠져들었어. 넌 파업둥이이자 세종둥이였고, 아빠의 절망과 희망의 시기를 이어주는 징검다리였어. 너는 언니만큼 오목조목한 예쁜 얼굴은 아니라고 생각했지만 '볼매볼수록 매력적인' 스타일이라는 걸 발견하기도 했지.

그런데 아빠하고 엄마는 너무 부족한 사람들이었지. 너를 외할아버지에게 맡겨놓고, '먼 훗날 너희들을 위해서 이러는 것'이라는 착각에 정신없이 일에만 몰두했거든.

올해 초, 네가 알 수 없는 고열 때문에 일주일 동안이나 힘들어할 때도, 그 지친 눈빛으로 출근하는 엄마, 아빠를 가지 말라고 잡을 때도, 아빠는 휑하니 뒷모습을 보여주기 바빴으니까.

뒤늦게 너를 데리고 대전의 소아전문병원을 거쳐 대학병원 응급실에 가서 네가 백혈병일 수도 있다는 말을 들었을 때 아빠는 너무 무서웠어. 애써 엄마에게 별일 아닐 거라고 했지만 그날 밤 아빠는 혼자 훌쩍훌쩍 울었어. 그리고 다음

날 서울의 큰 병원으로 와서 백혈병 확진 판정을 받고 난 이
후엔 너에게 너무 미안했어. 아빠는 '아빠'보다 '기자'였거든.
정말 '아빠'라면 이런 일이 생기지 않았을 거라고, 다 아빠
탓이라고 생각했어. 지금도 여전히 아빠는 많이 미안해. 왜
미안하냐고? 그냥 미안해. 그냥.

항암치료가 시작되고 네가 까까머리가 됐을 때 아빠는 비
로소 아빠 인생에서 가장 소중한 것이 무엇인지 깨달았어.
그리고 아빠를 닮지 않은 멋진 녀석과 너를 결혼시키는 것을
아빠 생의 목표로 정했단다. '뭣이 중헌디'란 질문의 답을 찾
았다고나 할까.

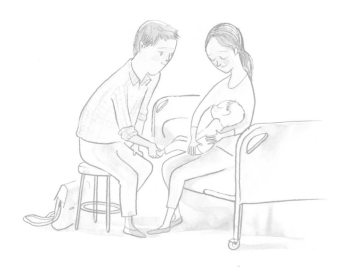

이후 아빠 주변의 많은 분들이 우리를 응원해줬고, 엄마, 아빠는 힘을 냈어. 아빠는 엄마보다 강하진 못해서 네가 바늘에 찔릴 때 쳐다보지 못하고, 장난감을 몰래 사주는 정도였지만, 아빠는 평생 한 기도보다 더 많은 기도를 했단다.

물론 아빠, 엄마보다 100배 강했던 건 인영이 너란다. 수백 번의 채혈, 어른도 참기 힘들다는 골수 검사와 그 독한 항암약을 너는 너무나 잘 견뎌줬어. 그러면서 부쩍부쩍 잘 자라주기까지 했으니 아빠는 너무 고마워할 수밖에 없어.

처음 아팠을 때 "아빠, 회사(갔어), 언니, 학교(갔어)", "빠빵(타고), 집(에 가자)"이란 말밖에 못하던 네가 지금은 뒷좌석에서 차가 조금만 흔들리면 "아빠 운전 똑바로 해~"라고 타박을 줄 정도니 말이야.

또 "엄마, 아까(너는 모든 과거는 다 아까라는 단어로 표현한단다) 아이 아플 때 왜 회사 갔어?"라는 말로 엄마를 미안해서 울게 만들기도 할 정도로 우리를 들었다 놨다 하지.

인영아, 오늘 아빠가 이렇게 기쁜 마음으로 편지를 쓰는 건 만 8개월 동안 진행됐던 네 집중 항암치료 기간이 끝났기 때문이야.

오늘 너를 태워 병원을 오갈 때, 아빠는 정밀 검사를 위해

서울의 큰 병원으로 향했던 지난 겨울이 떠올랐어.

너는 열이 많이 올라서 얼굴이 창백했고, 엄마와 아빠는 아무런 말도 없이 차를 몰아 응급실 간이 병동에서 만 하루를 쪼그린 채 버텼었어.

그 이후로 자고 있는 네 숨소리를 들어야 안심했던 무서 웠던 밤들, 전신 마취에 고개를 떨구던 네 얼굴, 척수 주사에 발버둥치던 네 몸짓…….

그런 것들을 아빠는 오늘 오가는 길의 차창 밖에 모두 버리고 왔단다. 아직 2년 동안의 긴 항암 유지 치료가 남아있지만 아빠는 인영이가 지금까지 해왔던 것처럼 잘 이겨낼 거라고 확신해. 지난 8개월 동안 인영이가 누구보다 강한 아이라는 걸 알았거든.

아빠가 연애편지를 쓴 건 군대에 있던 시절이 마지막이니 근 20년만에 다시 쓰는 것 같다. 소싯적 한때, 아빠는 연애 박사여서 연애에는 '밀당'이 중요하다는 걸 너무 잘 알고 있 는데도 네 앞에서는 무너져 내려.

비밀을 고백하자면 매일 밤 엄마하고만 자려는 네가 아빠를 침대 밑으로 내쫓지만, 네가 잠들면 몰래 네 옆에 누워 네 팔다리를 만진단다. 네 손으로 아빠 볼을 비비고, 네 다리를 아빠 다리에 올려놓다 네가 깰까 싶으면 후다닥 침대 밑으로 내려오곤 해.

아마 네가 이 편지를 읽을 때는 건강해져서 학교에도 다니고, 친구들과 어울려 놀이터에서 마음껏 뛰놀고 있겠지? 그리고, 이 편지는 책으로 활자화 돼 간직할 수 있을 테니 네 결혼식 전날에도 읽게 할 테야. 왜냐고? 다른 녀석에게 가기 전 마지막으로 아빠의 짝사랑을 기억해달라는 소박한 바람이랄까.

인영아, 앞으로 아빠 인생에 어떤 선택의 순간이 올지는 알 수 없지만 항상 1순위는 네가 될거야. 아빠가 진심으로 사랑해.

2016년 9월 24일
너 태어난 날 이후 두 번째로 기쁜 날 아빠가 씀.

투병도 일상이다

나는 언니다1
(D+582, 윤영이의 제주도 여행기)

우리 가족은 늦은 여름휴가로 제주도에 갔다. 동생은 제주도에 있는 호텔에서 수영을 한다면서 무척 들떠있었다. 여행 가기며칠 전부터 자신의 '번개맨' 튜브를 찾아 다녔다. 비행기를 탔을때, 동생은 하늘에 떠다니는 비행기를 보며 신나했다.

우리는 호텔에 도착했고 짐을 놓은 다음 바로 리조트 수영장으로 향했다. 수영장에는 리조트 수영장(실외)과 호텔 수영장(실외, 실내)이 있었다. 조금 있으면 수영장은 문을 닫기 때문에 리조트 수영장에 갔다. 동생은 튜브에서 빠져 나오려고 몸부림을 쳤다. 참 겁도 없는 아이다. 아무튼 동생을 잡느라 엄마와 아빠는 크게 고생하였다. 한참 따뜻한 물에서 놀다가 워터슬라이드를 발견한 동생은 워터슬라이드 쪽으로 달려갔다. 그렇게 해서 미끄럼틀을 딱 하루만 해도 100번은 족히 탄 것 같다.

3일째에는 수영이 아닌 관광을 즐겼다. 먼저 언니의 추천 박물관인 항공우주박물관을 갔다. (착하지만 조금은 나쁜) 언니는 혼자서 오자마자 가상현실 게임을 즐겼다. 가상현실이란 것, 정말 신기했다. 동생은 아빠와 박물관에 와서 블록 놀이만 즐기고 있었다. 계속 구경하다 동생과 함께 체험관에 갔다. 작은 컴퓨터 같은 기계로 외계인을 만들어 앞에 큰 화면에 뜨게 하는 체험이었

다. 동생은 이인영이라는 이름의 동물 같은 외계인을 만들고, 언니는 인영대군, 빵순이, 뽀리유포 등 많은 외계인을 만들었다. 엄마는 아빠 외계인 '야구왕'을 만들었다. 동생은 놀다가 '코코몽' 영화를 보러 갔고, 나는 비행기 조종 게임을 플레이하였다.

그렇게 항공우주박물관 구경이 끝나고, '피자~ 피자~' 노래를 부르던 나 덕분에 맛있는 화덕피자 집에 가서 식사를 했다. 그리고 헬로키티박물관에 갔다. 가서 알게 된 사실은 헬로키티의 키는 사과 5개 높이고, 체중은 사과 3개(50g~1kg)라는 것이다. 그리고 나이는 무려 44살, 아빠보다 한 살 누나다. 그리고 꿈은 피아니스트와 시인이다.

동생은 헬로키티 음악실에 가서 한동안 신나게 춤을 추었다. 귀여웠다. 음악실에서 나가자고 하니 무척 아쉬워하는 동생의 눈치도 볼 수 있었다. 2층에 가서는 동생은 헬로키티 놀이방에 가서 놀았고, 나와 엄마는 카페에 가서 음료를 마셨다. 동생을 불렀더니 카페로 '다다다다' 뛰어와 내 초코 음료수를 뺏어 먹었다. 3층에 가서는 운이 좋아 바로 재밌는 '헬로키티의 모험 영상'을 볼 수 있었고, 야외 정원에서 사진도 찍었다. (아빠는 그동안 카페에서 자고 있었다.) 다시 1층에 가서, 사진을 찍고 소원을 썼다. 나의 소원은 훌륭한 초등학교 교사가 되는 것이었고, 동생의 소원은 엄마, 아빠와 항상 같이 있는 것이었다(섭섭하게 언니만 쏙 빼놨다).

엄마랑 아빠는 녹초가 되었고, 우리는 신나게 숙소로 돌아와 밤 늦게까지 또 다시 수영을 하고 들어와 곤하게 잠이 들었다.

아쉬운 마지막 날, 짐을 모두 챙겨 나와 공항으로 갔다. 동생은 손을 흔들며 제주도에게 인사를 했다. 다음에 제주도에 또 와서는 열 밤 자자는 동생의 소원이 내게도 꼭 이루어졌으면 좋겠다.

3장

아빠랑도 같이 자자

엄마와 두 딸

아빠와 엄마 (D+32)

나는 밖에서 사람들과 밥을 먹고,

아내는 인영이가 남긴 병원 밥을 먹는다.

나는 인영이에게 장난감을 사다주고,

아내는 인영이에게 억지로 약을 먹인다.

나는 인영이처럼 머리를 짧게 깎고 함께 웃고,

아내는 떡진 머리로 인영이가 바늘에 찔릴 때 함께 운다.

나는 매일 편한 침대에서 잠을 자고,

아내는 날마다 병상 보조 침대에서 몸을 구부린 채 잔다.

나는 간호사한테 화를 내고,

아내는 간호사들의 비위를 맞춘다.

나는 계속 일을 하고,

아내는 휴직을 했다.

나는 울고 싶을 때 크게 울고,
아내는 인영이가 잠들고 나서 숨죽여 운다.

나는 평범한 아빠고, 아내는 위대한 엄마다.

아내의 입원 (D+473)

아내가 어깨 쪽 지방종 제거수술을 위해 입원했다. 3년 전 지방 병원에서 수술한 게 재발해서 이번에는 서울 큰 병원에서 수술을 받기로 했다. 휴가를 내고 장인어른과 장모님께 운영이와 인영이를 맡기고 아침 일찍 상경했다.

점심 무렵, 아내가 통원 수술실로 들어간 뒤 고통 분담 차원에서 점심을 건너뛰었다. 그런데 전신 마취 수술이라 밤 10시까지 금식인 아내는 수술실에서 나온 뒤 오후 6시가 되도록 밥 먹으러 가라는 '지시'를 하지 않았다. 아무리 사랑해도 이건 아니다 싶어 밥 좀 먹고 오겠다고 선언하고, 구내식당에 가서 아내 몫까지 많이 먹었다.

배고픔은 면했는데 병실로 올라가는 발걸음은 무거웠다. 아내가 아침에 고속버스 안에서 웃으면서 보여준 글이 생각났다. 술자리에서 한 선배가 "아내한테 혼나러 간다"고 해서

"뭐 잘못하셨냐"고 묻자 그 선배가 이랬단다. "몰라. 잘못한
건 없는데 그냥 맨날 혼나."

아내는 금식이 풀려 죽과 아이스 라떼를 들이킨 뒤에야
평소의 온화한 표정으로 돌아왔다. 지방종을 떼어내 그만큼
몸무게가 줄어들 것이라는 기대감도 드러냈다. 배고파하는
아내에게 두 딸은 "치킨 시켜 달라, 라면 먹고 있다, 할머니
랑 재밌게 놀고 있다"며 시시때때로 전화를 걸어와 졸고 있
는 아내를 깨웠다. 하지만 잘 시간이 되자 두 딸과 아내는 서
로를 그리워했다.

아내는 수술실과 회복실을 경험한 뒤 백혈병 발병 초기
가슴에 중심정맥관을 삽입하기 위해 수술실에 혼자 들어간
인영이가 얼마나 아프고 무서웠을까 생각했다고 했다. 인영
이는 아픈 이후로 처음 엄마랑 떨어져 자는 게 믿기지 않는
듯 연신 엄마 내일은 꼭 오냐고 되물었다. 아픈 엄마 힘내라
는 의미인지 발병 후 1년 6개월여 만에 처음으로 (꽁지)머리
를 묶은 감격스런 사진도 보내왔다.

아내는 마취가 덜 깼을 때는 내일 일찍 퇴원하면 서울에
서 영화도 보고 데이트하고 가자고 했다. 그러자고 맞장구
쳐줬지만 우리 부부는 퇴원 수속과 동시에 세종시행 버스에

몸을 싣고 있을 것임을 알고 있다.

오늘 깨달은 진리는 자식 병수발보다 아내 병수발이 더 힘들다는 거다. 자이언티의 〈양화대교〉를 들어보자.

'행복하자~ 우리, 행복하자~ 아프지 말고~ 아프지 말고~'

남자,
그 쓸쓸한 이름 (D+486)

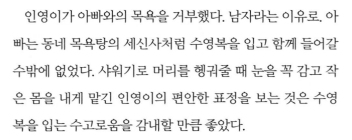

인영이가 아빠와의 목욕을 거부했다. 남자라는 이유로. 아빠는 동네 목욕탕의 세신사처럼 수영복을 입고 함께 들어갈 수밖에 없었다. 샤워기로 머리를 헹궈줄 때 눈을 꼭 감고 작은 몸을 내게 맡긴 인영이의 편안한 표정을 보는 것은 수영복을 입는 수고로움을 감내할 만큼 좋았다.

언제까지 이런 행복을 느낄 수 있을까. 윤영이가 벌써 아빠를 내외하는 걸 보니 길어야 3~4년 일 듯싶다. 어느새 윤영이가 입었던 발레복이 인영이한테 맞는다. 며칠 전에는 윤영이가 "아빠가 여자를 만졌다"고 발언해 파장을 일으켰다. 날카롭게 취재하는 엄마에게 "나도 여자인데 아빠가 배를 허락도 없이 만졌다"고 실토했다.

세 여자와 함께 사는 남자의 삶은 세심해야 한다. 윤영이

는 실뜨기 놀이를 좋아한다. 심심할라치면 아무 말 없이 내 앞에 앉아 실뜨기 자세를 취하고 있다. 수십 번 해도 질리지 않는단다. 화장실에서는 무조건 앉아 쏴 자세를 취해야 한 다. 처음에는 소변을 볼 때 무릎을 굽히는 게 남자의 자존 심이 무너지는 듯 한 기분이었지만 익숙해지니 위생적이고 좋다.

이렇게 놀아줘도 두 딸은 잘 때는 무조건 엄마 옆이다. 왜 아빠 옆에서 안자냐고 하면 명쾌하게 대답한다.

"아빠는 남자잖아~."

그 어떤 취재원도 이렇게 명쾌하게 취재 의지를 꺾은 적 이 없다. 그래도 두 딸들이 지금처럼 건강히 잘 자라준다면 평생 외로운 남자의 삶을 숙명으로 받아들일 것이다.

아내의 아빠,
그리고 나의 아버지 (D+558)

결혼 전 상견례에서 장인어른은 물 한 잔 마시지 않고 "이 결혼 안 된다"고 말씀하시고 나가셨다. 말 잘 듣던 착한 딸이 이상한 놈 만나 정신이 홀려 있다는 게 장인어른 판단이었다. 결혼 전 종교 문제 등으로 어려움이 많았다.

결혼식장도 안 오시겠다던 장인·장모님을 설득하느라 힘들었던 기억도 있다. 나도 사람인지라 결혼만 하면 처가 쪽하고 연을 끊고 살아야겠다는 못된 마음도 먹었었다.

결혼 직후 서울 서초동 검찰청사에 출입하며 야근을 밥 먹듯 하던 시절, 장인어른이 찾아오셨다. 잠깐 시간을 내라고 하더니 백화점에 가서 양복을 한 벌 사주셨다. 식사라도 하고 가시라했는데 손을 내저으며 가셨다. 12년 전 얘기다. 그렇게 조금씩 가까워져서 지금은 아침에 회사 다녀오겠다고 인사를 하면 웃으며 손을 흔들어 주신다.

아내가 여러 가지 사정으로 잠시 복직을 했다. 이번에도 장인어른께 SOS를 칠 수 밖에 없었다. 인영이가 아프기 전에도 장인어른은 육아 봉사를 해주셨다. 보통 다른 집은 장모님이 육아에 도움을 주시는 것으로 알고 있는데 우리 장모님은 육아에 전념하기에는 너무 활동적이시다.

인영이는 엄마가 잠깐 회사 가는데 그동안 할아버지랑 지내도 될까라는 말에 흔쾌히 OK를 해 엄마를 서운하게 만들었다. 인영이에게 할아버지는 모든 걸 다 들어주는 천사 같은 존재다.

아침에 일어나자마자 라면을 끓여 달라 해도, 30도가 넘는 땡볕에 놀이터를 나가자 해도, 할아버지 휴대전화를 달라 해도, 장인어른은 웃으며 모두 들어준다. 인영이는 이런 할아버지에게 떼란 떼는 다 부린다. 더운 날에도 겨울 코트를 입겠다고 고집을 부려 애를 먹인 적도 있다.

밤늦게 들어가면 장인어른이 거실에서 TV를 켜 놓은 채 코를 골고 계신다. 아이들 잔다고 TV는 항상 무음으로 해 놓으신다.

하루 종일 두 아이를 돌보는 일은 나와 아내의 직장 일을 합친 것보다 더 힘들다는 것을 우리 부부는 알고 있다. 지난 금요일 퇴근길 아파트 주차장에서 장인어른을 만났다. 언제부터 장인어른이란 말 대신 아버지라고 부른다.

아버지, 고맙습니다.

아내가
돌아왔다 (D+580)

아내가 잠시 복직했다가 다시 1년 간병 휴직을 받았다. 다행히 인영이 치료 종결 시점까지 휴직 시기가 얼추 들어맞게 되었다.

아내가 돌아온 뒤, 아내 빼고는 모두 행복하다. 엄마를 다시 찾은 아이들은 신이 났고, 장인어른은 결혼 이후 뵌 중에 가장 행복한 표정을 지으시며 장모님께 가셨다. 나 역시 엄마와 함께 병원에 가는 인영이 모습을 보며 한시름 덜고 편한 마음으로 일을 할 수 있게 됐다. 옆구리가 터진 인형 '봉구'도 봉합 수술을 받을 수 있었다.

오직 아내만 한 달의 휴가(?)를 마친 후유증을 앓고 있다. 아내는 휴직 첫 날, 반나절을 에너지 넘치는 두 아이들과 보낸 뒤 영화 '박하사탕'에 나오는 설경구처럼 "나 다시 돌아갈

래"를 외쳤다. 그러나 '육아 지옥'은 출구가 없다.

아내의 일과는 대충 이렇다. 오전 7시 기상. 아침잠 많은 윤영이를 깨워 밥을 먹여 학교를 보낸다(마흔 넘은 '큰 아들'은 일어났는지, 밥은 먹는지, 출근을 하는지 아무 관심 없다). 곧 이어 밤잠과 아침잠 모두 없는 인영이 기상. '인영대군'은 한 달만에 돌아온 '엄마 무수리'를 쉴 틈 없이 움직이게 만든다. 밥 먹는 데만 1시간, 중간 중간 자신의 장난감으로 온 집안에 영역 표시를 해둔다. 인영이가 어지른 것을 치울라치면 윤영이가 학교에서 돌아오고, 학원, 수영장 데려다주고 데려오고, 숙제 봐주고, 간식 챙겨주고, 또 밥하고 빨래하고…….

결단코 말하건대, 내 인생 가장 힘겨웠던 시기는 윤영이 세 살 때 신청했던 육아 휴직 6개월이었다. 아내는 육아 노동에 더해 또 다시 '경단녀'가 됐다. 1년 뒤 복직하면 다시 만년 대리로 회사 생활을 이어가야 한다. 그래도 아내는 두 딸과 지지고 볶고 사는 게 좋은 표정이다. 나중에 엄마가 아기가 되면 장난감 많이 사준다는 인영이 말(인영이는 늙으면 다시 아기로 돌아가는 줄 알고 있다)에 감격의 눈물까지 흘리는 걸 보면 그렇다.

돌아온 아내를 위해 늦은 여름휴가를 떠나기로 했다. 휴가지는 인영이가 아프기 전 마지막 여름에 갔던 제주도로 정했다. 인영이는 엄마가 새로 사준 수영복을 입고 거실에서 수영 연습을 하며 잠은 안 자길래, "지금 안자면 내일 비행기 안 탄다"고 협박하자 울먹울먹하며 바로 잤다. 아내는 아이들이 잠들자 이것저것 짐을 챙겼고, 철없는 큰아들은 그걸 보며 소파에 누워 책을 읽다가 아내의 한숨 소리에 바로 일어나 주섬주섬 짐 챙기는 것을 도왔다.

윤영이의
헝겊 인형을 버렸다 (D+175)

인영이 항암 치료를 끝내고 저녁 늦게 집에 돌아오니 윤영이 안색이 창백했다. 어디 아프냐고 물어보니 목이 칼칼하다고 했다. 열을 재보니 38도. 윤영이는 엄마와 병원에 갔고 감기라며 약을 받아왔다.

'하필 이런 때에…'

감기는 인영이한테 치명적이다. 특히 항암치료를 받을 땐 면역수치가 더욱 바닥으로 떨어진다. 감염 확률이 높아 특별히 조심해야 하는 시기다. 윤영이 감기에 비상이 걸렸다. 네 가족 모두 마스크를 쓰고, 윤영이는 따로 재우기로 했다. 근데 자꾸 인영이가 언니랑 논다고 다가갔다. 나도 모르게 윤영이한테 "동생한테 떨어져!"라고 소리쳤다. 아픈 윤영이보다 혹 또 아플지 모를 인영이 걱정만 앞섰나보다. 윤영이

는 엄마와 방에 들어가더니 약 기운에 잠들었다.

잠든 첫째 딸을 보니 인영이가 아프기 시작한 이후 윤영이에게는 참 나쁜 아빠였다는 생각이 들었다. 발병 초기에 인영이 위생을 신경 쓴다고 윤영이가 아끼는 헝겊 인형을 물어보지도 않고 버렸다.

윤영이는 얼마 전 동생이 선물 받은 베개를 탐내다 꾸중을 듣자 "내가 아끼는 건 다 버리고, 동생만 새 것 사준다"면서 울기도 했다. 우리 부부는 인영이 치료가 시작되면서 어쩔 수 없다는 이유로 운영이를 새벽부터 이 집 저 집으로 내돌렸다. 운영이는 그동안 바둑두는 슈퍼 컴퓨터 '알파고'처럼 새 학기 학교 적응 등 엄마, 아빠가 도와줘야 할 일을 스스로 잘 해냈다. 하지만 운영이는 알파고가 아니었다. 매일 밤 엄마가 그리운 아홉 살 꼬마일 뿐이었다.

알파고가 이세돌을 또 이긴 날, 우리 집 '알파고'는 처음으로 넘어졌다.

큰 딸과의
약속 (D+987)

인영이가 치료를 받는 동안 둘째에게 마음이 더 간 게 사실이다. 그리고 나도 모르게 티를 냈다. 아빠 노트북에 있는 '인영사랑' 폴더를 보더니 큰 딸은 '윤영사랑' 폴더는 왜 없냐며 서운해 했다.

윤영이는 지난 결혼기념일 축하 카드에 '저랑 동생을 낳아주시고 길러주셔서 감사합니다. 앞으로 공부도 열심히 하고 동생도 잘 돌볼게요'라고 썼다. '동생도 잘 돌볼게요'라는 문구를 보니 왠지 착잡했다. 놀기 바쁜 저학년 초등학생에게 알게 모르게 동생이 아픈 상황을 주지시키고 부담을 준 것 아닌가 하는 생각에서였다.

윤영이는 초등학교 3학년생이 되자 자기 방에서 혼자 자는데 어느 날에는 자정 넘어 무서운 꿈을 꿨다며 울면서 안

방으로 왔다. 덕분에 잠이 깨, 윤영이가 세 살 때 육아 휴직을 하고 윤영이를 돌보면서 블로그에 올려놨던 글과 사진들을 찾아봤다. 당시 2년을 쉰 아내가 복직을 하는데 말이 느린 윤영이를 어린이집에 보내는 게 마음에 걸려 회사 역사상 최초로 남성 육아 휴직을 신청했다. 지금으로부터 6~7년 전만해도 "회사에 무슨 불만이 있느냐"는 질문을 받았다. 아빠 육아 휴직자가 귀한 시절이라 모 잡지사의 인터뷰까지 했었다.

6개월의 육아 휴직 기간은 짐승보다 못하다는 수습 기자 생활보다 더 어려웠다. 하루 세 끼 반찬이 걱정이었고, 밥 먹이는 것도 힘들었다. 초기엔 주부 우울증 비슷한 것까지 왔었다. 그래도 지나고 보니 그때 육아 휴직을 신청하길 잘했다는 생각이 든다.

그땐 윤영이가 하늘 아래 단 하나뿐인 딸이었고, 지금 인영이보다 더 많이 마음을 썼던 것 같다. 아직 무섭다며 엄마·아빠 품을 찾는 열 살짜리인데 인영이가 아프고 나서 '큰 딸'의 의무만 너무 지게 한 것 아닌가 하는 미안함이 밀려왔다. 윤영이는 인영이 치료 때문에 엄마·아빠가 서울에 가 있을 때는 할아버지와 함께 자기 혼자 학교 숙제며 학교

준비물을 챙겨갔다. 그러면서 자고 일어나면 꿈에서처럼 인영이가 다 나아있으면 좋겠다며 눈물을 글썽이는 착한 언니다.

윤영이는 인영이 항암 치료가 끝난 뒤에도 아빠에게 서운한 게 남아있는 모양이다. 둘이 먼저 이를 닦겠다고 싸울 때 아빠가 순서를 정한다고 하면 "안 봐도 뻔해. 인영이가 먼저지? 아빠는 맨날 동생 편만 들잖아"라고 말한다. 그래서 약속했다. 아빠가 할아버지가 돼서 너랑 인영이 애기를 봐줘야 할 때가 오면 무조건 윤영이 애기를 먼저 봐주겠다고. 그 말을 들은 윤영이가 배시시 웃었다.

호텔의 정의 (D+542)

우연히 인영이가 언니가 만든 레＊프렌즈 호텔을 갖고 역할극 놀이를 하는 것을 몰래 지켜봤다. 장난감 아이 한명이 다른 한 명에게 물었다.

"너는 호텔에 왜 왔어?"

"응, (가슴에) 바늘 꽂아서 자러 왔어. 너는?"

"응. 나도. 바늘 꽂았어. 너도 아팠지?"

인영이는 3개월에 한 번 집중 치료를 받을 때 입원 대신 병원 앞 호텔에서 3박 4일 생활을 한다. 그러다보니 인영이 머릿속에 호텔이란 곳은 병원과 다르지 않은 장소로 각인돼 있나보다.

이번 주말 큰 맘 먹고 한 특급 호텔을 예약했다. 인영이에게 호텔은 이런 곳이란 걸 보여주고 싶었다. 인영이가 놀기 좋은 수영장이 있는 호텔을 골랐다. 인영이는 아픈 뒤로 물놀이를 하지 못했다. 지난해 여름에는 여행을 갈 만큼 인영이 건강에 자신이 없어 내내 '방콕'했다. 여름 한 때 무균 병동에 입원해있던 인영이 장난감을 사러 마트에 갔다가 물놀이 용품을 사러 온 가족의 모습을 보고 혼자 울면서 병원으로 돌아갔던 서글픈 기억도 떠올랐다. 그래서 이번 호캉스엔 인영이에게 〈겨울왕국〉 암링Arm Ring과 〈번개맨〉 튜브를 사줬다.

수영장은 다행히 따뜻하고 깨끗했다. 아프기 전에도 물놀이라면 물불 안가리던 인영이는 겁 없이 1.2m 물높이의 수영장을 헤집고 다녔다. 물놀이 내내 아빠 허벅지를 발사대 삼아 앞으로 전진했다. 중간에 스파게티를 시켜 배를 채우면서 두 딸은 이틀 동안 3시간씩 수영장에서 살았다. 호텔 옆 마트에서 엄마 눈치를 보며 윤영이와 인영이에게 장남감도 하나씩 사줬다.

아빠는 아이들이 잠든 토요일 오전, 야구를 하는 호사를 누렸다. 호텔의 위치를 송도로 잡은 불순한 의도는 회사 팀이 속한 리그 구장이 인천이기 때문이기도 했다. 얼굴이 벌겋게 익을 정도로 한 게임 뛴 뒤 다시 30분 거리의 호텔 수영장으로 직행했다. 1박 2일 동안 '운전 → 수영 → 야구 →

수영 → 운전'의 강행군이었지만 행복했다.

인영이 아픈 뒤 1년 6개월. 어찌 보면 쉼 없이 달려온 것 같다. 병마를 잘 이겨내고 있는 인영이, 착한 언니 노릇을 하면서 학교에서 늘 100점을 맞아오는 윤영이, 두 딸에게 매일매일 기를 뺏기면서도 늘 웃는 아내, 틈만 나면 야구와 농구를 호시탐탐 노리는 철없는 아빠까지 모두들 쉴 자격은 충분하다. 우리 가족, 이제는 여행도 많이 가고 쉬면서 살아야겠다.

일갑영갑,
아내의 생일 (D+207)

아내는 생일에 민감하다. 처음 연애를 할 때 자기 집은 음력과 양력 생일 모두 챙긴다는 말을 농담으로 알았는데 사실이었다(나는 음력 생일이 언제인지도 모른다).

신혼 초엔 음력 생일을 잊었다고 한동안 토라졌던 적이 있다. 예전만큼은 아니지만 올해도 생일이 다가오니 조금 흥분하는 듯 했다. 특히 올해는 음력 생일(20일), 양력 생일(21일), 주민등록상 생일(22일)로 이어지는 생일 시즌이었다.

우선 생일 전야제에 마지막 남은 비자금을 상납했다. 인영이 병원 데리고 다닐 때 필요하다며 틈날 때마다 노트북 검색을 하는 모습을 허투루 넘기는 센스 없는 남자는 아니다. 그러곤 다음날 '센스 없게' 야구를 뛰느라 하루 종일 집을 비웠다.

노트북 상납 약발은 단박에 끝났다. 이제는 몸으로 때워야 한다. 열심히 청소를 하고 맛난 것을 먹으러 가고, 머리하는 데도 데려갔다.

생일 시즌 중 마지막 날인 22일은 인영이의 4박 5일 간의 항암치료가 시작되는 날이었다. 새벽 5시 30분에 일어나 집을 나섰다. 아내는 종일 인영이를 돌보고, 나는 병원 기자실에서 기사를 썼다. 마감을 하고 병동에 가니 아내가 초췌하다. 아침에 머리도 못 감고 나온 티가 났다. 미리 잡아 둔 병원 앞 호텔로 아내를 떠밀어 보내고 인영이를 팔베개해서 재웠다.

아이와 함께 깜박 잠이 들었는데 아내가 돌아왔다. 호텔서 계속 쉬라했건만 아내는 꾸역꾸역 병원으로 돌아와 치료를 마친 인영이를 안고 호텔로 갔다. 내 새끼가 아파 병원에 누워있는데 쉬긴 뭘 쉬냐며 샤워만 하고 나왔단다.

좋은 아빠도 아니었지만 좋은 남편은 더더욱 아니었다. '기자는 술 먹는 게 일'이라는 지극히 자가당착적인 논리로 아내를 외롭게 했다.

아내는 두 아이 낳고 키우느라 경력 단절로 승진에 애를 먹었다. 인영이가 아픈 뒤 휴직하고 하루 종일 인영이와 씨

름하며 인영이 약을 꼼꼼히 챙기는 것도 아내 몫이다. 미안하고 많이 고맙다. 특히나 나를 닮은 아들놈이 아닌 천사 같은 두 딸을 낳아준 것만으로 아내는 내게 '일갑영갑_{한번 갑은 영원한 갑}'의 존재다.

입동 (D+654)

주말 저녁, 거실 바닥에 엎드려 김애란의 단편소설을 읽다가 왈칵 눈물을 쏟았다. 저녁을 준비하는 아내의 칼질 소리와 간식을 먹는 두 아이의 재잘거림을 들으며 안 우는 척 몰래 눈물을 닦았다.

〈입동〉은 52개월 된 아이를 허망하게 잃은 한 부부의 이야기다. 결혼 10년 만에 서울 변두리에 17평짜리 아파트를 마련하고 한 아이를 키우며 '중심은 아니나 그렇다고 원 바깥으로 밀려난 건 아니라는 안도'로 살아가던 평범한 아빠는 소설 중반부에서 이렇게 독백한다.

'지난 봄, 우리는 영우를 잃었다. 영우는 후진하는 어린이집 차에 치여 그 자리서 숨졌다. 오십이개월. 봄이랄까 여름이란 걸, 가을 또는 겨울이란 걸 다섯 번도 채 보지 못하고였다. 가끔은 열불이 날 만큼 말을 안 듣고 말썽을 피웠지만 딱 그 또래만큼 그랬던, 그런 건 어디서 배웠는지 제 부모를 안을 때 고사리 같은 손으로 토닥토닥 등을 두드려주던, 이제 다시는 안아볼 수도, 먹일 수도, 재울 수도, 달랠 수도, 입 맞출 수도 없는 아이였다. 화장터에서 영우를 보내며 아내는 "잘 가"라 않고 "잘 자"라 했다. 다시 만날 수 있는 양 손으로 사진을 매만지며 그랬다.'

생각하기 싫었지만 지난 2년여 간 인영이의 부재에 대한 두려움은 불쑥불쑥 마음속에서 튀어나오곤 했다. 병실에서 가쁜 숨을 쉴 때도, 까까머리로 병원에서 돌아오는 길에 내 품에 안겨 잘 때도, 하나도 안 아픈 아이처럼 신나게 놀이터에서 뛰어 놀 때도, 부지불식간 나도 모르게 떠오르는 인영이의 부재에 대한 상상에 거칠게 머리를 흔든 적이 여러 번 있었다. 그런 기억 때문인지 소설 속 남자의 아픔이 남의 일 같지 않았다.

최근 인영이는 '52개월 만에' 기저귀를 뗐다. 또래 아이들 보다는 2~3년 정도 늦었고, 유치원에 가서야 기저귀를 졸업한 언니보다도 1년 가량 늦었다. 아직도 가끔 밤새 이불 빨래 더미를 엄마에게 선물하지만, "아빠, 쉬야 도와줘"라며 내 손을 잡고 변기에 앉아있는 인영이에게 늘 "인영이 최고"

라고 말해준다. 〈기적의 한글학습〉 책은 몇 달째 3페이지에 머물러 있어도, 아빠에게는 인영이가 기저귀를 졸업한 것이 기적같이 기쁠 따름이다.

　찾아보니 5일 전이 입동이었다. 겨울이 시작됐다. 이번 겨울은 여느 때보다 더욱 따뜻하게 보낼 수 있기를 기도해본다. 감사함을 땔감삼아.

엄마는 회사에서
내 생각해? (D+948)

아내가 복직했다. 인영이 항암치료가 최종적으로 끝날 때까지는 아직 한 달이 남았지만 더 이상 남은 휴직이 없었다. 인영이는 아내가 복직한 첫 날 휴가를 낸 아빠와 병원에 갔다 왔다. 아빠와 가니 장난감이 생겨 좋다고 했지만 '아빠 육아' 첫날 바로 감기에 걸렸다.

장인어른이 육아를 도와주신다 해도 매일 같이 있을 수는 없는 일. 제사 준비 때문에 못 오신 오늘이 그런 날이었다. 아내는 7시 30분에 출근하고, 두 아이의 아침은 아빠 몫이었다. 원래는 인영이를 유치원에 맡기고 출근해야 했지만 다행인지 불행인지 윤영이가 눈병이 걸려 학교를 못 갔다. 유치원 말고 언니랑 있고 싶다며 우는 인영이를 언니에게 맡기고 출근했다.

11살, 6살 두 아이만 놔둔 채 일하는 내내 아내나 나나 마음이 편치 않았다. 점심 약속을 취소하고 집에 와서 애들 밥을 챙겨줬다. 저녁 칼퇴근한 아내가 밖에서 저녁을 먹고 있는 내게 카톡을 보냈다. 집에 오니 과자 봉지는 뒹굴고 있고 충혈된 눈의 윤영이와 꾀죄죄한 인영이가 현관으로 달려 나왔을 때 보육원에 온 느낌이었다고 전했다.

두 딸은 오자마자 엄마에게 생떼를 부렸다. 도대체 돈을 얼마나 많이 벌기에 회사에 나가냐고. (둘에게 가장 큰 돈인)100만 원 필요 없으니 당장 나가지 말라고 했다. 자기 전 인영이가 읽어달라고 갖고 온 책 제목은 〈엄마는 회사에서 내 생각해?〉였다. 인영이는 오늘 하루 종일 엄마 생각을 했다고 말했다(윤영이에게 확인한 결과, 스마트폰 생각을 더 많이 했다고 하지만).

내가 인영이 나이 즈음, 시장 한 켠에서 좌판을 펴 놓고 있는 엄마 옆이 따뜻한 아랫목보다 좋았다. 앉아있을 데도 없었지만 그냥 엄마 옆에 있어서 행복했다. 두 딸은 어릴 적의 나처럼 엄마를 그리워한다. 그때의 나는 엄마를 졸졸 따라다닐 수라도 있었지만 지금 두 아이는 늦은 밤에야 엄마를 만날 수 있다.

인영이 치료가 끝나니 다시 맞벌이 육아 부부가 됐다. 아내가 육아에 전념하는 방안을 심각하게 고민했지만 '지금은 아니다'라는 결론을 내렸다. 주변의 만류도 컸다. 아이들 제대로 키우기 위해서는 맞벌이를 할 수 밖에 없다는 공감대가 형성돼 있었다. 갈수록 혼자 벌어서는 아이들 학원조차 제대로 보내기 힘들어지는 세상이 되고 있다.

맞벌이 부부도 이런데 한부모 가정에서 아이를 키우는 일은 더욱 힘들 것이다. 거기에 아이가 아프기라도 한다고 생각해보자. 아내는 인영이가 아픈 이후 주변 부부들에게 아이를 낳는 것을 권하지 않았다.

정부는 올해가 국민 소득 3만 달러 원년이 될 것이라고 홍보하고 있다. 하지만 아빠 혼자 벌고, 엄마는 아이를 키웠던 1만 달러 시대보다 삶의 질은 나이진 것 같지 않다. 국민 소득이 제 아무리 빠르게 오른다 해도 아이들에게 죄인이 된 듯한 맞벌이 부부가 늘어나는 사회는 행복하지 않다.

투병도 일상이다

집순이와의
부산 여행기 (D+394)

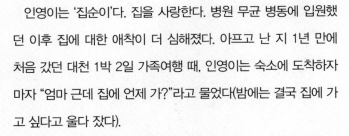

　인영이는 '집순이'다. 집을 사랑한다. 병원 무균 병동에 입원했던 이후 집에 대한 애착이 더 심해졌다. 아프고 난 지 1년 만에 처음 갔던 대천 1박 2일 가족여행 때, 인영이는 숙소에 도착하자마자 "엄마 근데 집에 언제 가?"라고 물었다(밤에는 결국 집에 가고 싶다고 울다 잤다).

　그 기억을 망각하고 다시 부산 여행을 감행했다. 이번에는 2박 3일 도전. 정부가 '야심차게' 내놓은 '오후 4시 퇴근'을 통한 내수 활성화 대책을 발표한 지난 목요일에 휴가를 내고 세종을 떠났다.

　이번 여행 콘셉트는 기차 여행이었다. 우리 가족 4명은 오손도손 기차 칸에 둘러앉아 계란을 까먹으며 경치를 구경했다. 난생처음 기차를 타본 인영이는 기차 타봤냐는 질문에 "아홉 살 때

타봤다"는 답변으로 우리를 전생 여행으로 이끌었다(인영이는 아직 아홉 살이 되지 않았다).

해운대는 마치 외국의 한적한 거리를 걷는 느낌이었다. 취재가 아닌 가족 여행으로 부산에 온 것은 처음이었다. 바다는 우리 가족의 마음을 탁 트이게 했다.

2박 3일 내내 '먹방'을 찍었다. 돼지국밥을 시작으로 밀면, 회, 브런치, 어묵, 곰탕, 떡볶이 등등. 음식도 맛있고, 바다도 좋았다. 날씨가 싸늘하고 차를 갖고 가지 않아 광안리와 해운대를 벗어나지 못했지만 답답하지 않았다. 인영이도 백사장에서 모래를 신기한 듯 밟아보았다.

문제는 인영이의 집 회귀 본능이 여전했다는 것. 잘 놀다가도 갑자기 집에 가서 공부('닌텐도 위Wii' 게임을 공부라고 표현한다)도 해야 하고, 장난감도 갖고 놀아야 한다며 집에 가자고 졸랐다. 아쿠아리움 갔다가 집에 갈 거라고 거짓말하고, 저녁 밥 먹으면 집에 간다고 둘러댔다. 인영이는 지쳤는지 마지막 날 밤에는 "내일은 정말 집에 가는 거야?"라고 '양치기 소년' 아빠한테 힘없이 물었다.

집에 돌아와 보니 여행의 목적은 '집이 최고다'를 느끼기 위한 것 같다는 생각이 들었다. 아이들은 넓은 패밀리 침대에서 가

구 모서리에 다칠 걱정 없이 방방 뛰었다. 인영이는 밀린 (닌텐도 위) 공부에 행복해했다. "집이 최고다"라는 동생의 말에 윤영이는 "여행을 갔으니 그렇게 느끼는 것"이라고 달관한 듯 말했다.

'메이크 어 위시Make A Wish'라는 단체가 있다. 난치병 어린이의 소원 하나를 들어주는 일을 하는 곳이다.

인영이 친구 중에는 이 단체 지원을 받아 여행을 다녀오기도 했다. 엄마·아빠 욕심에 다음에는 하루를 더 늘려 제주도 3박 4일 여행을 '메이크 어 위시'를 통해 가볼까 싶기도 했는데 신청

절차를 찾아보고 포기했다. 아이가 어려 부모님이 대신 소원을 신청하면 직원이 직접 집에 찾아와 아이에게 정말 그 소원이 맞는지 확인을 한다고 한다.

"인영아, 엄마가 인영이 여행 가고 싶어 한다는데 맞니?"

"시러! 집이 조아. 집에서 공부할거야."

보나마나 제주도에 가고 싶은 욕심에 아픈 아이를 이용한 나쁜 부모로 전락할 게 분명하다.

집순아, 그런데 사실 아빠도 집에 제일 좋아. 찌찌뽕!

4장

우리는 서로가 서로에게 희망이다

좋은 사람들과 아픈 천사들

수녀님과 고구마 (D+279)

마리헤셋 수녀님이 직접 키운 고구마를 보내주셨다. 수녀
님은 한 달여 전 인터넷에서 우연히 〈나는 아빠다〉 연재 글
을 보고 기도의 글을 보내주셨다. 그 뒤로 수녀님과 한 달에
한 두 번 정도 메일로 대화를 나누고 있다. 수녀님은 바닷가
마을에서 어린이집을 운영하고 계신다. 매일 보는 원아들과
인영이가 같은 또래이기에 더 마음이 아프다고 했다. 천주
교 신자가 아니라 처음엔 수녀님께 메일을 보내는 것이 조
금 어렵고 어색했다. 그런데 이런저런 얘기를 나누다보니
이제 수녀님 메일이 오면 어느새 어색함보다는 반가움이 앞
선다.

직접 키운 고구마를 보내주고 싶다고 주소를 물어보는 수
녀님께 예의상 한 번 사양하지도 않고 감사히 받겠다고 한
건, 수녀님이 '인영이를 통해 엄마의 마음을 느끼게 해줘서

고마웠다'는 메일 구절이 떠올라서였다. 고구마는 신문지에 하나하나 정성스레 싸여 있었다. 세상에서 가장 잘생긴 고구마였다. 인영이에게 고구마란 이런 맛이란 걸 가르쳐줬다.

그 후에도 수녀님은 인영이를 위해 햇감자를 캤다며 보내주셨고, 인영이가 스파게티를 좋아한다는 말에 맛 좋은 유기농 토마토도 보내셨다. 그것들을 먹으며 "수녀님이 보내주신거야"라고 하면 인영이는 "수녀님? 그게 머야?"라고 물었다. 수녀님 사진도 없고 설명할 길이 막막해 "인영이를 사랑해주시는 분이야"라고 말해줬다. 인영이가 사춘기가 되어 엄마, 아빠에게 말 못할 고민이 있을 때 마리헤셋 수녀님이 인영이의 '마니또'가 됐으면 좋겠다.

먹고 싶은 것이
많은 아이 (D+223)

인영이 옆 병상에 인영이보다 두 세 살 많아 보이는 남자 아이가 입원한 적이 있다. 할머니와 함께 입원한 첫날, 아이는 빵을 먹고 싶다고 노래를 불렀다. 백혈병 환아들이 먹을 수 있는 빵은 완전 밀봉돼 있어야 한다. 어떤 음식물이든 의료진의 허락을 받아야 먹을 수 있다. 그런데 아마도 당장 허용된 빵이 없었는지 아이는 울먹울먹 거렸다.

다음 날에도 아이의 노래는 끊이지 않았다. 그리고 아이는 하루 종일 고민에 빠져 있었다. 할머니에게 이것저것 물어보며 심각하게 다음날 먹을 음식을 정했다. 소아 무균 병동에서는 다음날 식단을 고를 종이를 나눠준다. 스파게티와 볶음밥 중 택 1, 계란 후라이와 김 중 택 1 같은 식이다. 아이의 하루 중 가장 중요한 일은 식단을 정하는 일 같았다. 또 자신이 선택한 음식을 남김없이 다 먹은 뒤에도 배가 고프다고, 과자가 먹고 싶다고 노래를 불렀다. 우리 부부는 옆 병상에서 그 아이의 목소리를 듣고 먹고 싶은 게 많은 모양이라며 조용히 웃음을 짓곤 했다.

인영이가 1주일의 항암치료를 마치고 퇴원할 즈음, 그 아이가 백혈병이 재발해 다시 입원했다는 것을 알았다. 인영이처럼 항암치료차 짧은 기간 입원했다 퇴원하는 부모들은 오랫동안 입원해 있는 아이들과 그 부모들에게 괜히 미안한 마음에 조용히 퇴원 절차를 밟는다. 인영이가 그 먹성 좋고 건강해보이던 아이 옆에서 퇴원할 때는 왠지 더 마음이 착잡했다. 3년여에 걸친 길고 고단한 항암치료를 마치고 이제 다 나았다며, 다른 아이들처럼 뛰어 놀고 마음껏 먹고 싶은 것 먹일 수 있겠다고 생각한 그 아이의 부모님의 마음이 떠올라서였다.

오늘, 잊고 지냈던 그 아이가 하늘나라로 갔다는 소식을 전해 들었다. 아이의 얼굴은 잘 떠오르지 않는데, 빵 노래를 부르던 아이의 통통 울리던 목소리는 기억 속에 남아있다. 그 아이가 하늘나라에 가서는 맛있는 빵을 많이 먹었으면 좋겠다. 그리고 하늘나라 식단에는 곱빼기 메뉴가 있어 그 아이가 배고프지 않았으면 좋겠다.

영화 〈부산행〉에서 아빠는 마지막 기관차 칸에서 자신의 몸을 던져 어린 딸을 구한다. 아마 대부분의 부모들은 그런 선택의 순간이 오면 영화 속의 아빠처럼 행동할 것이다. 그런데, 아픈 아이를 둔 부모들은 몸을 던질 기회조차 없다. 내 딸 대신, 내 아들 대신 항암약과 조혈모 세포 이식의 아픔을 견딜 수 있다면, 내 아이의 등허리에 꽂는 골수·척수 대바늘에 내가 대신 찔릴 수 있다면 좋으련만, 우리 부모들은 그냥 손을 잡아주는 수밖에 없다. 그런데 이제 그 아이의 부모님은 잡아줄 손조차 없어지게 된 것이다. 그 부재의 슬픔과 고통을 나는 감히 상상할 수 없어 여기에 아무런 위로의 말을 적지 못하겠다. 그저 그분들을 위해 한 줌의 눈물로 기도할 뿐이다.

청출어람
후배들 (D+30)

17년 기자 생활을 하면서 선배 복보다는 후배 복이 많았다. 세종시로 내려와서도 그랬다. 4명의 기자들이 7개 정부 부처를 담당하는 '광개토대왕 영토'같은 취재 영역 덕에 조용히 넘어가는 날이 드물었지만 마음 맞고 능력 있는 후배들과 즐겁게 기사를 썼다.

인영이가 무균 병동에서 한 달 만에 집으로 돌아오기 전 집안을 무균 병동처럼 깨끗이 해야 한다는 미션이 내게 주어졌다. 퇴원 하루 전 후배들에게 SOS를 쳤다. 후배 2명은 기사 작성 못지않게 발군의 청소 실력을 발휘했다. 특히 영국 어학연수 시절 출장 청소 아르바이트를 했었다는 이도경 기자는 청소 전문가였다. 나도 '한 청소 한다'고 아내에게 떵떵거렸지만 범접할 수 없었다. 욕실, 베란다, 장난감 등 도경

이가 손만 대면 반짝반짝 빛이 났다. 선배보다는 못했지만 막내 윤성민 기자는 시키는 것을 100% 임무 완수했다.

장장 8시간에 걸친 대청소를 마쳤다. 후배들을 핑계삼아 집 근처 곱창 집에서 인영이 아픈 이후 처음으로 소주를 한 잔 했다. 도경이는 정치부 시절부터 지금까지 나와 일했던 10여 년 동안 가장 많은 칭찬을 받았다며 감격해했다. 정년 퇴직 후 도경이와 함께 'LEE BROTHERS'라는 출장 청소 업체를 차리기로 했다.

영상 전화로 청소한 집을 보여주니 인영이가 "우와~우와~"한다. 두 후배 뿐 아니라 인영이가 입원한 병원 근처에 사는 강주화 기자는 아내 옷을 빨아 갖다 줬다. 또 인영이가 입원했을 때 가장 먼저 병원에 달려와 위로의 말을 건넨 이는 팀 후배 조민영 기자였다. 청출어람이라는 옛말 틀리지 않다.

그는
아빠다 (D+336)

　페이스북에　연재한 〈나는 아빠다〉는 아류작이다. 3개월 먼저 아빠의 신분으로 백혈병 투병기를 페이스북에 연재하기 시작한 기자가 있다. 인영이가 아프기 전 개인적으로 그를 알지는 못했다.

　2015년 연말쯤 기자협회보에서 백혈병에 걸린 기자가 '방송 기자에서 백혈병 투병 환자로'라는 제목의 투병기를 페이스북에 연재하고 있다는 기사를 얼핏 보기만 했다. 그때만 해도 백혈병은 나와 아무 상관없는 다른 나라 이야기라고 생각했다.

　2016년 초 인영이가 확진 판정을 받고 나서 백혈병에 대한 정보를 찾아 밤새 인터넷을 뒤지다가 문득 그 기억이 떠올라 그의 페이스북에 들어갔다. 그는 인영이와 같은 급성림프구성 백혈병을 앓고 있었다. 그의 투병기는 '기자스럽게' 맛깔스러웠고 정보가 풍부했다.

그러나 정보도 정보였지만 백혈병을 이기려는 그의 투지와 용기에 '우리 인영이도 이겨낼 수 있다'는 희망을 엿볼 수 있었다. 그리고 나는 그처럼 승리의 기록을 남겨놓겠다는 희망을 가지고 〈나는 아빠다〉를 쓰기 시작했다.

인영이가 막 치료를 시작하고 얼마 지나지 않았던 어느 봄날 세종시에 상주하는 한 기자가 헌혈증을 뭉치째 들고 왔다. 인영이 소식을 전해들은 그가 자신이 갖고 있던 헌혈증을 모두 인영이에게 보낸 것이다. 전화번호를 물어 감사의 문자를 보냈다. 그는 인영이도 자신도 완치될 그날을 기다리겠다고 답문을 보내왔다.

조혈모 세포를 성공적으로 이식한 뒤 재활치료 중이던 그는 그즈음 둘째 딸을 낳아 '딸딸이 아빠'가 됐다. 세상 많은 아빠들의 꿈인 '딸딸이 아빠'에 합류한 그에게 마음을 담아 선물을 하나 보냈다.

최근 그가 재발해 다시 입원했다는 소식을 들었다. 슬프다기보다는 화가 났다. 재발이 되면 다시 처음부터 항암 치료를 받고, 조혈모 세포 이식도 다시 해야 한다. 그 지난한 과정을 알기에 안타까움은 더했다.

특히 보호자 1명이 상주할 수 있는 소아 무균 병동과 달리 성인은 한 달 간의 관해항암치료 기간 동안 하루 면회 시간이 1~2시간으로 제한된 채 혼자만의 싸움을 해야 한다. 이제 한창 아빠란 말을 배워 눈웃음을 지을 그의 둘째 딸이 떠올랐다. 포근한 집을 떠나 다시 백혈병과의 싸움을 시작하는 그의 심경에 대해 달리 표현할 수 있는 말이 없다.

크리스마스 이브 날, 그에게 '아빠는 강하고 특히 두 딸의 아빠는 강하니 꼭 이겨낼 것'이라고 문자를 보냈다. 그는 '선배, 한 번도 했는데 두 번은 왜 못하겠냐는 각오로 잘 해내겠습니다^^'라고 답문자를 보내왔다.

그는 최근 〈저는 암병동 특파원입니다〉라는 제목의 책을 펴냈다. 그는 책에 "부러질지언정 쓰러지지 않겠다"고 썼다. 그는 충분히 강하다. 그의 말대로 결코 쓰러지지 않을 것이라고 나역시 믿고 있다.

이토록 강한 사람은 바로 채널A 황승택 기자다. 취재 현장에서 황 기자에게 '물 먹을낙종할' 그 날을 고대한다.

P.S 황 기자는 다시 재발해 2018년 4월 두 번째 조혈모 세

포 이식을 했다. 그의 말대로 2만분의 1 확률의 조혈모 세포 공여자를 두 번이나 찾았으니 억세게 운이 좋은 친구다. 황기자가 인영이와 함께 완치 판정을 받고 웃을 날을 기대해본다.

짜장라면 한 젓가락 양보하고 싶은 김 변호사 (D+66)

17년 전 어느 겨울 밤, 그와 나는 짜장라면 3개를 나눠먹은 뒤, 비장한 표정으로 하숙집 쪽방을 나섰다. 크게 심호흡을 한 번 하고 "기잡니다"라며 다소 허세 섞인 말투로 방배경찰서 정문을 들어서면서 그와 나의 수습기자 생활은 시작됐다. 경찰서 하리꼬미 _{취재를 위해 경찰서에서 하루 종일 사건을 챙기는 것을 가리키는 속어}를 함께 한 입사 동기이자 나보다 세 살 많은 형이기도 한 김민호 변호사는 입사 초기 수습기자 사회에서 이른바 '에이스'였다. 단독 기사를 잘 물어왔고, 술도 잘 먹었다. 수습은 당연히 욕이 섞인 지시를 받는다는 관행에 반기를 들며 출근을 거부해 덩달아 나를 포함해 7명 동기 모두 꿀맛 같은 하루의 휴가를 맛보게 해주기도 했다. 서로의 자취방을 오가며 한밤중에 짜장라면을 말없이 나눠 먹고, 선배 뒷담화를 하는 것이 낙이었다.

기자 생활이 익숙해질 즈음, 형은 '기자질'을 때려치우고 로스쿨에 갔다. 같은 흙수저로서 '자'자에서 '사'자로 변신한 형을 축하해줬다. 17년 전 짜장라면 한 젓가락이라도 더 먹으려고 싸우던 우리 둘은 어느새 두 아이의 아빠가 됐다. 가끔 만나 '쪽방 시절'을 회상하며 이제는 좀 살만 하다며 웃고 살았는데 인영이가 아팠다. 백혈병 같다는 말을 처음 듣고 아내 앞에선 애써 아무렇지 않은 척 했지만 남몰래 울다가 처음 전화로 찾은 이는 김 변호사였다.

인영이 치료가 시작된 이후 형은 서초동 사무실이 병원에서 가깝다며 수시로 들렀다. "길게 갈수록 결국은 너 혼자 담당할 몫이니 마음 독하게 먹으라"며 '인생 독고다이론'을 고수하는 형다운 조언을 해주기도 했다. 어느 날은 외래 치료를 끝내고 터미널을 가려는데 비가 왔다. 가까운 거리라 택시를 타면 기사의 짜증을 듣게 될 것 같아 고민하다 형한테 전화를 걸었다. 고급 세단을 끌고 인영이를 태워서 터미널에 가는 10분 동안, 혹 다시 짜장라면을 같이 먹을 날이 있으면 마지막 젓가락을 양보해야겠다고 생각했다.

아픔은 나누면
조금 덜 아프다 (D+184)

　며칠 전 한 환아 아버지를 만났다. 한 달 전 쯤 인터넷 환우 카페에서 익명으로 남겼던 내 질문에 친절히 답글을 달아준 선배 보호자다. 나는 정보에 목말랐고, 그 분은 계속되는 내 절박한 질문에 본인의 연락처를 알려줬다. 처음 통화할 때 나와 같은 아빠라는 점에 반가웠고, 내 답답한 곳을 긁어주는 조언에 감사했다. 그 분은 인영이보다 4개월 앞서 발병한 환아의 아빠로 자신도 처음엔 그런 혼란과 어려움을 겪었다면서 도와주고 싶다고 했다. 그 뒤로 그 분께 종종 문자나 전화로 궁금한 것들을 묻곤 했다.

　그리고 며칠 전, 인영이가 척수 검사 시술에 실패해 낙심하고 있을 때 외래 치료차 병원에 왔는데 얼굴이나 보자는 그분 제의에 우리는 처음으로 만났다. 혼잡한 병원 1층 카페에서 우리는 서로를 감(感)으로 알아챘다. 서로 이름을 모르기에 나는 그분을 '선생님'으로 그분은 나를 '아버님'으로 칭했다. 우리는 서로의 이름과 직업 대신 아이의 치료 경과를 물었다.

'선생님'은 휴직을 하고 열 살 된 외동딸을 간병하고 있었다. 아내 역시 몸이 좋지 않아 휴직을 할 수 밖에 없었고, 다시 회사로 돌아갈 수 있을지 모르겠다고 말했다. 나도 회사에서 많은 배려를 해주지만 언제까지 그럴 수는 없지 않겠느냐며 간병과 밥벌이를 병행하는 어려움을 나눴다.

선생님은 선배답게 최근 병원에서 있었던 작은 의료 사고와 조심해야 사항들에 대해 의료진을 귀띔해줬다. 자기 딸아이는 백혈병 재단에서 무료로 맞춰주는 가발에 매우 만족해한다며 신청하는 법도 알려줬다.

나는 수련의들이 척수 주사 시술에 익숙해질 때면 또 신참이 와서 아이들이 고통을 받는 현실을 토로했고, 그분은 지난달 고용량 항암을 할 때 너무 힘들다고, 이제 그만하고 싶다는 딸애의 하소연에 가슴이 너무 아팠다고 말했다. 그 말에 나도 모르게 눈물이 핑 돌아 서둘러 자리를 마무리했다.

그분은 빈손으로 온 나와 달리 딸애 주라며 타요 장난감을 쥐어주었다. 우리는 또 연락하자며 악수를 했고 헤어졌다.

기자스런 만남으로 치자면 나는 그분에 대해 아무 것도 쓸 수 없다. 이름도, 나이도, 직업도 모른다. 그러나 단 10여 분 동안의 짧은 만남이었지만 그분에 대해 원고지 20매 정도의 한 면용 주말판 기사도 쓸 수 있을 것 같다.

오늘 따스한 봄 햇살에 '그분들'이 생각났다. 그들이 왜 함께 모여 있고, 함께 걷고, 함께 기도하는 지 어렴풋이 조금 더 알 것 같다. 다시 봄이다. 많은 사람들이 꽃보다 세월호를 먼저 생각하는 봄이 됐으면 좋겠다. 내가 아파보니 아픔은 나누면 조금은 덜 아프다는 것을 알게 되었기 때문이다.

얘는 이름이
뭐예요? (D+570)

정대는 인영이 무균병동 입원 동기다. 인영이가 처음 발병했던 2016년 1월 함께 급성림프구성백혈병 진단을 받았다. 열두 살 정대는 덩치가 산만했다. 그런 정대가 인영이에게 처음 다가올 땐 나도 모르게 긴장했었다. 하지만 곧 정대가 환하게 웃으며 "얘는 이름이 뭐예요?"라고 물을 때 정대도 인영이와 같은 천사인 것을 알았다.

정대는 입원 기간 동안 인영이를 잘 챙겼다. 병실 청소 시간에 나란히 휴게실 소파에 앉아서 말을 잘 못하던 인영이와 친구처럼 웃음으로 얘기했다. 뒤늦게 정대가 다운증후군을 앓으며 더 힘겨운 백혈병 투병 생활을 하고 있음을 알았다.

아내는 처음 무균 병동에 입원했을 때 내성적인 성격 탓에 누구에게도 마음을 열지 못했다. 병동 내 환우 어머니들끼리 얘기를 나눌 때에도 쉽게 끼어들지 못했다. 그런 아내의 마음을 열어 준 건 정대 어머니였다. 아내는 정대 어머니를 '언니'라고 부르며 많이 기댔다.

집중 치료를 마치고 유지 항암치료에 들어가면서 정대를 가끔 외래에서 마주쳤다. 정대는 치료 예후가 좋지 않아 자주 입원했다. 몇 달 전 한 포털사이트에 정대 투병 사연이 올라왔다. 정대는 야구 선수가 꿈이라고 했다. 정대가 배트를 든 사진을 보며 아내와 함께 기뻐했다.

점심을 먹기 직전, 메시지가 왔다. 정대가 하늘나라로 갔다는 소식이었다. 포털사이트에 올라온 정대의 얼굴을 천천히 다시 봤다. 인영이와 함께 주사를 맞고, 함께 무균 병동 내 도서실에서 책을 읽고, 같은 메뉴의 밥을 먹던 정대를 다시 볼 수 없다는 생각에 먹먹해졌다. 자칫 운이 나쁘면 인영이도 정대처럼 될 수 있다는 생각에 무섭기도 했다.

인영이는 종종 불을 끄면 무섭다고 한다. "엄마 나 언제 하늘나라에 가?"라고 물어 엄마를 기겁하게 하기도 했다.

병원에서 돌아오는 고속버스 안에서 인영이가 엄마에게 자기는 세 가지 소원이 있다고 말했다고 한다. 첫째는 가족들이 모두 아프지 않고 건강한 것, 둘째는 이제는 병원에 안 가는 것, 셋째는 하늘나라 안 가는 것.

우리 아이들은 정대처럼 천사가 돼서 하늘나라로 가기도 한다. 그러나 하늘나라에 가서도 정대는 우리 마음속에서 늘 환하게 웃고 있다.

"정대야, 하늘에서 우리 인영이 잘 지켜주렴."

화요일의
아이들 (D+866)

"인영아 왜 안 왔어?"

"몰라. 엄마가 안 데리고 갔어."

"(씩씩대며)엄마, 왜 나 병원 안 데리고 가는 거야."

인영이와 열 살 소은이의 전화 대화 내용이다. 인영이의 항암치료가 막바지에 이르면서 병원에 가는 횟수가 줄었다. 격주로 병원에 가던 중 혈액 수치가 좋아 처음으로 3주 동안 병원에 가지 않았다. 소은이는 그걸 모르고 인영이를 기다렸나보다. 대학 동기, 입사 동기, 군대 동기, 조리원 동기, 사회에 많은 동기들이 있지만 인영이에게는 비슷한 시기에 발병을 해서 같은 여정을 걸어 나가고 있는 *끈끈한 병원 동기*들이 있다.

모두 같은 교수님께 치료를 받고 있는데 외래진료일이 늘 겹쳐 화요일마다 병원에서 만난다. 인영이가 화요일의 아이들 중 막내인데 다정하게 챙겨주고 잘 놀아준다. 그 친구들 덕에 병원에 있는 2~3시간 동안 엄마가 덜 힘들어졌다.

부모들도 끈끈해졌다. 우리는 병원 복도에서, 화장실에서, 배선실에서 아이 몰래 눈물을 흘렸던 서로를 보았고 같은 두려움으로 밤을 지샜다. 이만큼 호전되어 꾸준히 치료를 잘 받고 있음에도 안심할 수 없고 자만해선 안 되는 살얼음을 같이 걷고 있다.

인영이에게 치료 기간이 얼마 남지 않았음을 알려주고 싶어 내년에 일곱 살이 되면 지금처럼 병원에 다니지 않아도 된다고 했더니 예상과 다르게 인영이는 울상이 됐다.

"그럼 이제 언니, 오빠들을 못 만나는 거야?"

화요일의 아이들이 모두 완치되어, 건강하게 자라나 어른이 되어서도 서로를 소중히 여기는 따뜻한 관계를 지속해갔으면 좋겠다. 앞으로 우리 아이들이 아무도 아프지 않았으면, 우리 엄마 · 아빠들이 아무도 울지 않았으면 좋겠다.

"백혈병에 걸린 이유가 뭐래요?" (D+174)

인영이가 아픈 지 반년이 가까워온다. 입원 치료를 잠시 쉬는 중간 유지 기간에 들어서니 어느덧 뒤를 돌아볼 여유가 생겼다.

아픈 아이를 둔 부모 모두가 그랬겠지만 확진을 받은 이후 주변 친척, 지인들의 백혈병에 대한 물음에 수십, 수백 번 같은 답변을 했다. 경황이 없을 때는 몰랐는데 요즘 그런 질문을 받을 때는 속으로 '아, 이런 말은 다음에 또 다른 부모에게는 하지 않았으면...' 하는 말들이 있다. 누군가는 "걱정이 돼서 물어보는 것인데 그런 것 가지고 마음 상하고 그러느냐" 할 수 있겠지만 아픈 아이를 둔 부모들은 작은 것에도 쉽게 상처받고, 밤잠을 설치게 마련이다.

"백혈병에 걸린 이유가 뭐래요?"라는 말은 부모 입장에서 참 대답하기 난감한 질문이다. 아직 의료계에서도 규명하지 못한 것을 부모들이 알리 만무하다. 아이가 아프고난 뒤 스스로에게 수만 번 했던 질문을 타인으로부터 다시 들으면 왠지 모든 게 부모의 탓인 것 같다는 생각에 "이 병이 원인이 없다고 하더라구요……"라고 얼버무리게 된다.

여기서 한 발 더 나아가 "유전이래요?"라고 물을 땐 정말 울고 싶어진다. 의사들은 혈액암은 고형암과 달리 유전적 요인이 없다고 하고, 실제 대다수의 소아 백혈병 환우 부모들은 일가친척 중에 같은 병력을 가진 경우가 없지만 그 말은 "어린 애가 부모에게 물려받은 것 말고 그런 병에 걸릴 일이 뭐가 있겠어"라는 힐책으로 들린다. 묻는 분들은 걱정되는 마음에 하는 말이지만, 스스로를 죄인 취급하고 있는 부모에게는 채찍질처럼 느껴진다.

물론 지금까지 위로와 힘을 주는 말들을 백배 더 많이 들었다. 개인적으로 함께 기도해주겠다는 말이 가장 위로가 됐고, "아이들은 어른들보다 예후가 좋으니 낫는 건 걱정 말라"는 격려는 듣고 또 들어도 힘이 된다. 이럴 때일수록 부모가 정신을 바짝 차려야 된다는 조언은 다시 한 번 마음을 다잡는 계기가 된다.

이 글을 쓰는 이유는 가끔 모르고 이런 말실수를 하시는 분들을 욕하려는 것이 아니다. 그런 일이 제발 적어졌으면 하는 마음이지만, 앞으로도 하늘이 무너질 듯 한 좌절을 느끼는 부모님들이 주변에 생길 수 있다. 그때 그분들이 상처를 덜 받았으면 하는 마음에서다.

환우 부모들끼리 자주 하는 말 중 하나가 "우리 심정을 누가 알겠어요"이다. 하지만 그 심정을 십분 이해하는 듯 한 위로의 말들을 들을 때 부모들은 다시 한 번 힘을 내게 된다. 연약해질 대로 연약해진 어린 환우의 엄마, 아빠에게 주변의 진심어린 위로는 천금보다 소중하다. 그 소중함에 금이 가지 않도록 조금의 조심을 해줬으면 한다. 물론 무관심보다는 "유전이래요?"라고 묻는 이가 그래도 훨씬 더 고맙다.

투병도 일상이다

나는 언니다 2
(D+813, 윤영이의 사이판 여행기)

인영이까지 함께 가는 첫 번째 가족 해외여행! 사이판으로 가
게 되었다. 내가 어렸을 때 일본에 가본 적이 있다고 엄마·아빠
가 말해줬지만 생각이 안 난다. 그러니까 내 기억상 첫 번째 해외
여행이라 하겠다.

한국에서 사이판까지는 약 4시간 동안 비행기를 타고 가야 한
다. 어지럽고 토할 것 같은 느낌이 나서 나도 '아이야(인영)'도 힘
들어하긴 했지만 결국 사이판에 도착하니 뭐랄까 마음이 뻥 뚫리
는 느낌이었다.

사이판의 공항은 한국보다 작았다. 그곳을 돌아다니고 있으니
살짝 답답한 느낌이었다. 놀랐던 건 공항 안내문이나 표지판에
한국어도 같이 적혀있었던 것! 공항을 나와서는 자동차를 타고

호텔로 향했다. 사이판의 거리는 텅텅 비어있는 것 같기도 했지만, 건물이 예쁘고 하늘도 맑았으며, 나무와 꽃도 많았다. 한국에선 볼 수 없는 풍경이었다. 자동차를 타고 도착한 호텔은 무지 크고 좋아보였다.

호텔에도 공항에도 한국인이 정말 많았다. 호텔 로비의 리셉션 방에서는 꽃 머리핀과 주스를 주었다. 머리핀은 무척 마음에 들었다. 방도 굉장히 편하고 예뻤다. 방까지 가는 복도는 옆에 난간만 있고 유리창이 없어서 바람이 솔솔 불었다. 호텔의 수영장은 미끄럼틀, 키즈풀, 넓은 수영장, 물방울 모양 텐트 등이 있었다.

바로 근처에는 바다가 있었다. 바다에선 아주 작은 보트와 페달보트유아용를 탈 수 있고, '런닝맨' 같은 TV 프로그램에 나오는 에어바운스air bounce가 있었다.

어쨌든 그 점프맵은 개인적으로 반 바퀴 정도는 쉬워 보였고, 나머지는 살짝 어려워 보였다. 반 바퀴를 나윤영와 아빠가 먼저 도전해보고, 그 후 떼쓰는 인영이를 아빠가 들고 반 바퀴를 더 돌아야했다. 나머지 반 바퀴도 돈다고 떼를 쓰는 아이야(인영이의 애칭으로 '아이야'라고 부른다)를 말리기는 정말 어려웠다.

바다에서 조금 논 뒤 호텔 수영장에 갔다. 호텔 수영장엔 작은 키즈풀과 작은 유아용 미끄럼틀이 있었다. 아이야는 그 곳이 마음에 들었는지 튜브를 버리고 키즈풀에서 계속 놀았다. 키즈풀에는 빨간 구명조끼를 입은 캐니 아저씨가 있었다. 미끄럼틀을 타고 내려오는 어린 아이들에게 물을 뿌리거나, 같이 놀아주고, 안아서 돌려주기까지 했다. 특히 인영이를 좋아하는지, 인영이에게 다른 애들보다 물을 더 많이 튀기고, 많이 놀아주었다. 마지막 날에는 캐니 아저씨한테 인영이와 함께 영어로 인사도 했다.

수영장 가운데에는 크고 깊은 수영장이 있는데, 위에서 보면 호텔 마크가 그려져 있었다. 그리고 큰 워터슬라이드가 있었는데 뚜껑이 덮여있지 않고 속도가 느린 초록색 미끄럼틀과, 뚜껑이 덮여 있고 속도가 빠른 파란색 미끄럼틀이 있었다. 나는 무서워서 초록색 미끄럼틀을 타지 않았는데, 아빠의 부탁으로 한 번 타봤다가, 너무 재밌어서 거의 100번 쯤 신나게 탔다. 아이야도 합류해서 초록색 미끄럼틀을 신나게 탔다. 여섯 살짜리가 무섭지도 않은지 신나게 잘 탄다.

호텔 안에는 아이야가 많이 갔던 코코몽 키즈 카페나, 플레이하우스 등이 있었는데, 코코몽 키즈 카페는 주로 아이야랑 아빠가 자주 가서 놀았고, 플레이하우스는 온 가족이 밤마다 갔다. 클라이밍과 방방트램펄린, 이 두 개는 인영이랑 내가 많이 놀았고, 더 안쪽에는 탁구대나 축구 게임, 타투 게임 등이 있었다. 팀을 짜서

축구 게임을 하는데 인영이가 질 때마다 떼를 엄청나게 써서 정말 제대로 하기 힘들었다. 탁구대는 주로 아빠랑 내가 썼다. 아빠는 정말 스포츠 만능인가 보다. 지는 게임이 없었다.

며칠 후엔 마나가하 섬도 가게 되었다. 마나가하 섬까지는 노란 배를 타고 갔다. 사람은 많은데 우리가 늦게 타버려서 나 혼자 창가 자리에 타고 엄마, 아빠, 인영이는 가운데 자리에 타게 되었다. 섬에 도착해서는 자유롭게 놀았는데 1시간 간격으로 오는 배 중 원하는 배가 올 때까지 놀면 됐다.

마나가하 섬은 바다색이 무척 예뻤다. 색으로 표현하자면 에메랄드 색? 반짝반짝 빛나는 하늘색? 아무튼 호텔 앞 바다보다 무지 깨끗하고 예뻤다.

스노클링을 하기 위해 한국에서 미리 스노클링 마스크를 사왔다. 스노클링 마스크를 쓰고 바다에 들어가 보니 아주 얕은 곳에도 물고기나 해초를 볼 수 있었다. 적응이 잘 안 돼서인지 나는 스노클링 마스크가 답답해서 많이 하지는 못했다. 인영이는 해변에서 모래놀이를 했는데, 모래가 부드러워서 인영이가 모래놀이를 많이 했다.

나는 그냥 둥둥 떠다니는 게 좋았고, 엄마랑 아빠는 사진 찍기나 스노클링을 열심히 했다. 엄마는 섬에서 예쁜 가족사진을 찍고 싶어 했지만 결국 열심히 놀기만 하고 제대로 된 가족사진을 찍지도 못했다. 원래 처음에는 엄청 많이 놀려고 했지만 너무 힘들어서 1시간 만에 배를 타고 호텔로 돌아갔다.

두 번째 밤에는 엄마와 함께 별빛 투어에 갔다. 원래는 인영이, 아빠와 같이 가려고 했지만 인영이가 일찍 자버려서 둘만 가게 되었다. 별빛 투어는 긴 자동차를 타고 어디론가 외딴 곳에 가서 나무와 풀이 많은 곳에 도착했다.

가족 당 하나씩 받은 매트를 바닥에 깔고 앉아서 별자리를 관찰했다. 엄마 핸드폰에 깔아 놓은 별자리 애플리케이션으로 보니 어떤 별이 무슨 별자리인지 알 수 있었다. 한국에선 별이 잘 안 보였는데, 그곳에선 별이 아주아주 잘 보였다. 예쁘게 반짝반짝 빛났다. 별빛 투어에 다녀오니 호텔에선 인영이가 왜 자신만 놔두고 갔냐며 화를 냈다.

마지막 날엔 내 학교 친구들과 우리가 가질 기념품들열쇠고리, 비누 등을 사고 공항으로 향했다.

한국에 도착하고, 마스크를 다시 쓰고 큰 공항에 도착했다. 가끔은 다른 곳으로 여행을 떠나는 것도 좋지만, 나는 집이 제일 좋다. 드디어 집에 도착했고 나와 인영이는 집에 오자마자 짐을 내려놓고 침대에서 방방 뛰었다.

여행을 가는 이유를 난 이렇게 생각한다. 항상 있던 곳이 지루해지면 여행을 떠나는 것이 무척 즐겁지만, 정작 익숙한 곳, 즉 집으로 다시 돌아오면 집이 무척 좋아진다.

5장

인영이는 아빠를 다시, 생각하게 했다

'나라다운 나라'를 위한 기자 아빠의 생각

소파에 살림 차린
아빠 (D+38)

인영이가 입원한 무균 병동 1인실에 아랍계 아이가 있었다. 부모가 함께 왔는지 가끔 아빠와 히잡을 쓴 엄마의 모습을 볼 수 있었다. 처음엔 여기까지 치료하러 올 정도면 만수르 정도의 갑부인 줄 알았다. 그런데 알고 보니 진짜 부자들은 미국으로 치료하러 가고, 여기 온 아이들은 그 나라에서 평범하거나 가난한 축에 속한다고 한다. 수억 원에 달하는 치료비와 교통비를 모두 나라에서 무상으로 지원해준다고 했다. 심지어 무균 병동 보호자는 1인만 상주하게 되어 있는 상황을 고려해 부모 중 1명을 위해 병원 앞 특급 호텔의 숙박비까지 책임져 준다고 한다. 그에 비해 몇몇 한국 아빠들은 무균 병동 앞 소파에 '살림'을 차리고 산다.

지난 주 인영이 의료비 영수증 내역을 봤다. 골수 검사로

47만 2369원을 냈다. 4만원이 급여 항목이고 나머지는 모두 건강보험이 적용되지 않는 비급여 항목이었다. 특히 43만 원의 3분의 1 정도인 14만 원은 선택 진료 명목이었다.

예전에 비해 암 환자에 대한 복지지원제도는 많이 좋아졌다. 급여 항목의 95%는 건강보험공단에서 부담해준다. 하지만 골수 검사 같은 검사료, 일부 항암제들은 비급여 항목이다. 이런 부담을 덜어주기 위해 특별히 소아암 환자의 경우

나라에서 비급여까지 포함해 연간 3,000만 원까지 치료비를 지원해 준다.

그런데 맞벌이 부부인 우리에게까지 그 혜택이 돌아오지는 않는다. 10년 넘게 열심히 일하고, 열심히 세금을 꼬박꼬박 냈는데 정작 필요할 때 우리는 '너무' 부자였다. 지난 주 모 방송사 작가로부터 전화가 왔다. 큰 병으로 어려움을 겪는 가정을 소개해주고 도움을 주는 프로그램인데 인영이를 소개하고 싶다고 했다. 저희는 맞벌이를 하고 있으니 더 어려운 가정을 소개하면 좋겠다는 말에 작가분은 "요즘은 선생님 같은 복지 사각지대에 있는 직장인 가정도 많이 소개해준다"고 말했다.

기초연금처럼 묻지도 따지지도 않고 소아암 환자의 치료비를 국가가 전액 부담해 주는 데 드는 비용은 연간 5,000억 원이다. 정부는 22조 원을 들여 4대강 사업으로 온 강을 녹차라떼로 만들었다.

대학생 시절 거리에서 봤던 한 선거 현수막이 아직도 뇌리에 남아있다. '국가가 우리에게 해준 것이 무엇인가?'였다. 아이가 아프고 나서 막연히 복지 예산 100조 원 시대에 그래도 뭔가 있지 않을까 기대했던 내 자신이 한심해진다. 그리고 그 아랍에서 온 환우의 아빠가 소파에서 구부리고 자고 있는 '한국 아빠'들을 보고 무슨 생각을 했을까 궁금해진다. 부러우면 지는 건데 나는 아랍 아빠가 부럽다.

국민이 기대하는 것이
많은 나라 (D+564)

문재인 대통령이 며칠 전 인영이가 치료받는 병원을 찾아 백혈병 치료를 받으면서 공부하는 아이들을 격려하고 돌아 갔다. 하지만 백혈병 등 중증 치료와 학업을 병행하는 건강 장애학생을 위한 사이버 교육을 담당하는 공교육 기관 하나 없는 게 현실이다.

인영이 치료 초기에 가장 이해할 수 없었던 것은 무균 병 동에 제때 입원할 수 없는 일이었다. 항암치료를 받을 시기 가 돌아왔는데 최소 일주일에서 열흘 정도 기다려 입원하든 지 1인실을 사용하라는 안내를 받았다.

무균 병동이 품귀현상을 빚는 이유는 치료받을 환아 수 요는 많은데 병상수가 부족하기 때문이다. 문재인 정부들 어 생각 있는 복지 단체와 전문가들이 모여 어린이 병원 입원비 국가 전액 부담 추진 운동을 벌이고 있다. 대규모 흑자 상태인 건강보험 재정의 일부만 써도 아이들이 병원비 걱정 없이 치료를 받을 수 있다며 아픈 아이들만큼은 국가가 책임져주자는 것이다.

저출산 타개를 위해 수십조 원을 쏟아 붓고도 실적을 내지 못하고 있는 정부로선 당연히 검토해 보아야 할 사안이다. 출산 장려론자였던 아내는 인영이가 아프면서 국가로부터 어떤 것도 기대할 것이 없다는 사실을 안 뒤에는 주변에 아이를 낳으라는 말을 할 자신이 없다고 했다.

정부는 정책적 노력을 통해 양질의 소아 무균 병동을 전국적으로 늘리는 일이라도 시작해야 한다. 세종시에 공무원들만 모아 놓고 국토균형발전을 이야기할 것이 아니다. 정부가 국내 최고 수준의 소아 무균 병동을 수도권 외 지역에 만들어 놓으면 알아서 국토균형발전이 이뤄질 것이다. 아이를 위해서라면 부산에서 서울로 매일 출퇴근할 준비가 돼 있는 게 우리 부모들이다. 아이가 아픈 것도 서러운데 매번 애타게 줄서서 기다리는 부모들의 심정을 정부가 알려나 모르겠다.

나라가 모든 것을 해줄 수 없지만 최소한 아픈 아이들과

그 부모들에게는 기대감을 갖게 하는 게 '나라다운 나라'일
것이다. 단순히 아픈 아이 머리 한 번 쓰다듬어 주고 끝나는
감동은 '쇼'와 다르지 않다.

내 아이의 아픔이
국가의 폭력을 돌아보게 한다 (D+427)

추위가 가시지 않은 지난 2월의 아침, 정부세종청사 교육부 앞에 아픈 아이들과 부모들이 모였다. 이들은 월요일 아침부터 생업을 뒤로 한 채 백혈병 등 소아암 아이들의 학습권 침해를 막아달라고 외쳤다.

수년간 항암 치료를 받아야하는 우리 아이들은 정상적으로 학교생활을 할 수 없다. 이 아이들은 면대면 실시간 화상 강의를 통해 학업을 이어가고 있다. 그런데 교육부는 학습 선택권을 확대한다는 이유로 녹화된 강의를 듣는 원격 강의 시스템을 도입하려 하고 있다. 아이들은 그런 선택권은 필요가 없다는데 교육당국은 억지로 권하고 있다.

학부모들은 정부를 믿지 못하고 있다. 그럴싸한 이유를 대고 있지만 결국 예산 절감을 이유로 면대면 화상 강의를 축소할 것이라는 우려를 떨쳐내지 못하고 있기 때문이다.

아픈 아이들에게 교육당국의 '친절한' 강요는 폭력이다. 과거 군사정권 시절 공권력이라는 이름으로 자신들의 생각만을 강요하고 육체적 고통을 가한 것만이 폭력은 아니다.

우리는 세월호 사태를 통해 과거보다 더 잔인해진 국가 폭력을 봤다. 이 나라는 진상 규명을 외치는 유가족들의 호소는 외면한 채 희생자 부모님들에게 징병검사 안내문을 보냈다. 개인정보 미 파악을 이유로 댔지만 국가는 그 정도를 선별해 낼 행정 능력을 갖고 있다. 다만 귀찮고, 그럴 수도 있지 않냐 생각했던 것뿐이다. 국가의 이런 보이지 않는 폭력성은 사회 폭력으로 전이됐다. 단식투쟁을 하고 있는 세월호 유가족 텐트 앞에서 치킨을 뜯으며 웃고 있는 '일베'들을 만든 것은 앞선 국가의 폭력적 행동과 언사였다.

인영이가 아픈 지 1년이 조금 넘었다. 처음 아이가 아팠을 때 혹시 내 딸이 세상에서 없어질까 무섭고 두려웠다. 지금도 간혹 자는 아이의 코에 귀를 대고 숨 쉬는 걸 확인해야 안심하고 잠든다. 치료가 순조롭게 진행되고 있지만 지난 주 폐렴으로 입원했을 때와 같은 돌발 상황에 가슴은 덜컥 내려앉는다.

세월호 유가족들은 이런 근심을 해볼 겨를조차 없이 아들과 딸을 잃었다. 교통사고가 아니라 국가와 사회가 우리 아이들을 죽였다.

세월호와 천안함이 뭐가 다르냐고 묻는 의견이 있는데 명백히 다르다고 생각한다. 천안함은 국가를 위한 희생이었지만, 세월호는 국가에 의한 피해다. 국가는 세월호의 아이들을 구하지 못한 것도 모자라 진실 규명을 원하는 유가족들에게 무언의 폭력을 가해 왔다. 그분들은 1,000일이 넘는 시간 동안 외롭게 싸웠다. 이제야 세월호 인양 소식이 실시간 중계되는 등 전국민의 관심사가 됐지만 대다수는 그들을 잊고 살아왔다.

우리는 세월호 희생자와 유가족들에 대한 폭력을 끊어내야 한다. 방법은 건전한 마음을 가진 시민들의 견제와 감시뿐이다. 잠든 아이의 숨소리에 귀를 댈 수 있는 우리가 두 눈 부릅뜨고 세월호를 지켜봐야 하는 이유다.

인간에 대한 애정이 중요하다 (D+33)

대학생 시절에는 운동권과 거리가 멀었다. 신입생 시절 돌 한 번 던져본 이후 시 쓰고 연애하며 시절을 보냈다.

목사님이었던 아버지는 기자 합격 소식을 듣고 노조는 가입하지 말라고 신신당부했다. 그러나 탈 수습과 동시에 노조에 가입하는 것은 끽연자들의 식후땡처럼 지극히 자연스러웠다. 이후 지금까지 나는 조합원이다. 운 나쁘게(?) 파업 당시 노조 전임자를 하면서 상처도 받고, 파업 직후 동기들보다 차장 진급도 2년 늦었다.

세종시로 파견을 온 뒤로는 물리적 거리를 핑계로 노조를 멀리했다. 동기 노조위원장이 노조 보직 하나 맡아달라는 간청에도 파업 때 할 만큼 하지 않았냐며 야멸치게 거절했다.

그런데 인영이가 아프자 대부분의 조합원들은 자기 일처

럼 아파했다. 기자협회보에 제보도 하고, 십시일반 헌혈증과 성금도 모았다. 노조 홈페이지 대문에는 '인영아 힘내'라며 인영이 사진도 올라왔다. '가난한' 노조지만 우애만큼은 눈물 날만큼 깊었다.

아내는 대형 은행에 다닌다. 나와 입사연도도 비슷하지만 애 둘을 키우며 육아 휴직을 4년 한 죄로 만년 대리다. 아내가 속한 노조는 전임자가 우리 노조 전체 조합원 수만큼 많다. 그런데 노조의 그 누구도 인영이가 아팠던 지난 한 달 새아내에게 위로 전화 한 통 해주지 않았다. 전국적인 지부망을 갖춘 노조인데 말이다. 아내가 간병 휴직 제도에 대해 잘몰라 고민할 때 "노조에 물어보면 되지. 왜 혼자 고민하느냐"고 면박을 주자, 아내는 오히려 그런 나를 이상하게 쳐다봤다.

아내는 자녀가 아플 때 노조에서 위로금 500만 원을 주는제도가 있다는 것을 듣고 노조 관계자에게 전화를 해서 물어봤다. 본인이 왜 자기가 이 위로금을 받아야하는지 사유를 써서 신청을 하면 노조가 심사를 한 뒤 지급 여부를 결정한다는 설명을 들었다. 그 말을 전해 듣고 아내에게 신청하지 말라고 했다.

노조는 그런 존재가 돼서는 안 된다. 노조는 조합원들에게 고향과 같은 존재여야 한다. 타향서 잘 나가고 편할 때는 까맣게 잊어버리지만 상처받고 괴로울 때 생각나고 그리워지는 곳이어야 한다. 조합원에게 스스로 아프고 힘든 것을 입증하라는 노조는 노조가 아니다.

노동 개혁 관련 기사를 쓸 때 '귀족 노조'라는 표현을 쓰지 않으려고 노력했다. 귀족 노조라도 그 노조에 속한 조합원들에게 힘이 되어주면 그것만으로도 존재할 가치가 있다는 소신을 갖고 있었다. 그러나 상처를 입은 말단 조합원이 선뜻 다가설 수 없는 거대한 노조는 귀족 노조도 아니다. 단지 귀족일 뿐이다. 인간에 대한 애정이 빠져있는 거대 담론처럼 무서운 것도 없다.

인영,
어린이집에 가다 (D+599)

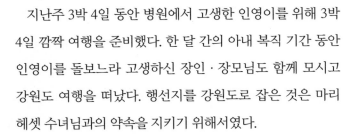

지난주 3박 4일 동안 병원에서 고생한 인영이를 위해 3박 4일 깜짝 여행을 준비했다. 한 달 간의 아내 복직 기간 동안 인영이를 돌보느라 고생하신 장인·장모님도 함께 모시고 강원도 여행을 떠났다. 행선지를 강원도로 잡은 것은 마리헤셋 수녀님과의 약속을 지키기 위해서였다.

마리헤셋 수녀님을 알게 된 것은 〈나는 아빠다〉 연재를 통해서다. 강원도 양양에서 어린이집 원장님으로 계신 수녀님은 인영이 먹이라며 때마다 감자와 옥수수, 토마토 등을 보내주셨다. 석 달 전에는 인영이를 직접 만나러 새벽 첫 차를 타고 서울 병원에 오셨다. 인영이는 반나절만에 수녀님과 친구가 됐다. 그때 가을이 되면 인영이 데리고 어린이집에 꼭 놀러가겠다고 약속을 했었다.

수녀님의 어린이집은 볕이 잘 드는 아담한 이층 건물이었다. 난생 처음 어린이집에 발을 내디딘 인영이는 처음엔 쑥스러워 하더니 곧 야외 놀이터에서 처음 보는 동생들과 함께 모래 놀이에 빠졌다. 30분 넘게 논 것 같아 이제 케이블카 타러 가자고 했더니 엄마, 아빠만 가란다. 결국 언니와 인영이만 남기고 우리 부부는 장인, 장모님과 함께 숙소에 다녀왔다. 그 새 인영이는 아이들과 함께 점심도 먹었다. 또 다시 모래 놀이에 열중하며 안 간다고 고집을 부리던 인영이는 "케이블카 타고 다시 놀러 오라"는 수녀님의 말씀을 듣고서야 겨우 일어섰다.

하루 종일 엄마와 집에 있는 인영이는 언니가 다니는 미술과 피아노 학원에 따라가는 걸 좋아한다. 언니처럼 학원 보내달라는 인영이 성화에 엄마가 여섯 살이 되면 보내준다고 한 뒤로는 누가 몇 살이냐고 물어보면 당당히 여섯 살이라고 거짓말을 한다. 요즘 부쩍 또래 친구들하고 어울리고 싶어 하는 눈치다. 인영이는 아직 또래 아이들처럼 어린이집 프로그램을 똑같이 소화하기에는 부담이 따른다. 인영이처럼 아픈 아이들을 위한 어린이집이 있으면 참 좋겠다는 생각을 해봤다.

내 아이가 아파서인지 모르겠지만 아픈 아이들에게 정부는 더 세심한 관심을 기울여야 한다는 생각이 든다. 당장 노인 복지와 청년 실업난 해결도 중요하겠지만 아이들에게 하는 투자로 기대되는 비용대비 편익B/C은 무한대가 될 수도 있다.

정부가 100조 원을 넘게 들였는데 저출산 문제가 해결되지 않는 것은 그만큼 아이를 키우기 어려운 현실을 정부가 해결하지 못하고 있기 때문이다. 출산 장려금을 높이고, 기저귀를 무상으로 공급한다고 해결될 문제가 아니다. 특히 아픈 아이들은 더욱 키우기 어려운 게 현실이다. 인영이처럼 아픈 미취학 아동을 위한 교육 시스템은커녕 학교에 정상적으로 다닐 수 없는 건강장애학생들을 위한 공교육 시스템조차 만들어져 있지 않다. '사회적 약자'의 편에 서겠다는 정부라면 '약자 중의 약자'인 소아중증환자에 대한 애정어린 정책을 만드는 노력을 해야 할 것이다.

〈나, 다니엘 블레이크2016〉라는 영화를 봤다. 심장병을 앓는 노인인 다니엘은 구직 수당이 끊기면 생존에 위협이 생길 상황에 직면했다. 그는 구직 수당 재신청을 권하는 복지사에게 "자존심을 잃으면 다 잃은거요"라며 거부한다. 그는 그 전까지 두 시간 가까이 전화 기계음을 들으며 상담사를 기다려 자신의 어려움을 합리적으로 설명했지만 우편으로 통보가 갈 것이라는 기계적인 답변만 들었다. 마우스를 클릭하라는 말에 마우스를 컴퓨터 스크린에 갖다 대는 '컴맹'이었지만 인터넷 신청을 도와주는 공무원은 없었다. 복지 담당 공무원들은 다니엘을 하나의 인격체가 아닌 나라 세금을 좀먹는 벌레로 취급했다. 영화에서 다니엘과 비슷한 처지의 한 사람은 이렇게 말했다. "나라는 우리를 바닥으로 떨어뜨린다. 그게 그들의 수법이다." 다니엘은 자존심을 지킨 대신 목숨을 잃었다.

복지는 국가 보험이다. 우리는 세금을 내고 국가에 보험을 든다. 그러나 이 보험은 쉽게 받을 수 없다. 국가는 복지를 선별해 지원한다. 보험료세금를 냈더라도 심사에 통과하지 못하면 받을 수 없다. 백혈병 환아 지원을 보면 4인 가족의 재산 기준이 3억 원 정도다. 수도권에 집 한 채 있으면 소득 한 푼 없어도 지원받을 수 없다.

아내는 인영이 발병 직후 죄 암울한 이야기 중에 담당 의사에게 두 가지 얘기에 희망을 가졌다고 했다. 하나는 이 병이 불치가 아닌 난치병이라는 것과, 또 하나는 소아암 환아를 위한 여러 가지 지원 프로그램이 있으니 적극 활용하라는 얘기였단다. 실제 지난 2년간 민간 지원 단체로부터 많은 도움을 받았다. 그러면서 느낀 것은 민간 지원 단체들은 예고 없이 마스크 등 위생 용품 세트를 보내주는 식의 적극적이고 편안한 서비스를 제공한다.

반면 나라는 여러 좋은 제도가 있다지만 선심 쓰듯이 '이런 게 있어. 근데 너희들이 제대로 신청해야 돼'라는 식이다. 2년 전 보건소에 치료비 전액 지원 신청을 할 때 보건소 직원은 당당하게 전세 임대차계약서 '원본'을 요구했다. 그럼 "계약 당사자인 우리는 사본을 갖고 있어야 하냐"는 질문에 직원은 "그건 모르겠고 신청을 하려면 원본을 내야한다"는 말만 반복했다.

한국에도 '다니엘 블레이크들'은 많다. 2015년 스스로 목숨을 끊은 '세 모녀 사건'과 비슷한 일들이 요즘에도 가끔 신문지면에 실린다. 인영이는 동료 기자들의 모금으로 치료비용에 큰 도움을 받았다. 그러나 주변에 그런 도움조차 없는 수많은 다니엘 블레이크들은 건조한 기계음 같은 복지에 생존의 위협을 받고 있을 것이다. 정부가 저출산을 극복하자며 가임기 여성수를 기록한 출산 지도를 만들어 물의를 일으켰다. 아픈 아이조차 제대로 지키지 못하는 정부는 저출산을 얘기할 자격이 없다. 백혈병 환아 부모들은 "얘는 △△화재가 살려준 아이, ○○해상이 키운 아이"라고 얘기한다. 대한민국이 살려주고 키워준다는 아이는 찾아보기가 어렵다. 한해 4,000명이 넘는 아이들이 소아암 진단을 받는다. 그 아이들에게 만이라도 '이 나라가 나를 정말 아끼고 보살피는구나'라는 느낌을 갖게 해 줬으면 하는 바람이다.

병원은 의료 '서비스' 기관이다 (D+378)

　인영이는 매일 항암약을 먹는다. 아직 어려 알약을 먹지 못하기 때문에 가루약을 받아 물에 타서 먹인다. 인영이가 치료받는 이른바 '빅3' 대형 병원 약봉지를 보면서 든 생각이 있다. 요즘 동네 소아과에 가면 열에 아홉은 스틱형 약봉지를 쓴다. 약통 주둥이가 작기 때문에 보호자가 타기 편하게 고안해 낸 것이다. 하지만 대학병원은 그런 배려가 없다. 아내와 나는 0.33g의 약을 행여 조금이라도 흘릴까봐 온 정신을 집중해 약을 탄다. 아내는 예전 할리우드 영화에서 나온 마약 타는 법을 참고하듯이 약봉지를 평면으로 만들어 한 입자라도 흘리지 않게 탄다.

　약사 친구에게 물어보니 스틱형으로 만드는 기계 가격은 고작 수십만 원이라고 한다. 수천억 원의 연간 매출액과 수

익을 자랑하는 대학병원은 환자 친화적인 일에는 그다지 관심이 없다. 약봉지 개선은 고사하고 외래 진료를 갈 때마다 약을 받는 대기 시간은 최소 1시간이다. 약국은 외려 큰소리다. 애들 약은 다시 가루로 만들어야하기 때문에 기다리는 것이 당연하다는 논리다.

병원은 의료 '서비스' 기관이다. 서비스업은 고객 친화적이어야 맞다. 하지만 지난 1년 동안 겪은 병원의 서비스 마인드는 제로다. 인영이가 무균 병동에 입원해 있을 때 황당했던 기억이 있다. 무균 병동은 이름 그대로 위생에 철저하다. 의료진은 과자를 줄 때도 1회용 장갑을 끼고 주라고 신신당부한다. 그런데 인영이가 하루 세 번 먹는 약통은 바꿔주지 않는 거다. 한 번 쓰고 버린 뒤 다시 달라고 하니 잘 씻어 말려서 사용하라는 답을 들었다. 병원에서는 '약통' 서비스를 제공할 수 없다는 '갑甲'의 논리가 먹혀든다.

대한민국에서 의사는 0.1% 집단이다. 고등학교에서 공부 잘하는 상위 0.1% 학생이 전국의 의대 정원을 다 채운 뒤에야 나머지 대학·학과들의 경쟁이 시작된다. 수입면에서도 그렇다. 2016년 한국노동연구원 조사 결과 소득 상위 0.1%에 해당하는 연소득 3억 6000만 원 이상인 사람 5명 중 1명

(22.2%)은 의사였다. 미국은 이 비중이 5.9%에 불과했다.

그런데 의사들은 종종 스스로를 '의노醫奴 · 의사노예'라고 칭한다. 낮은 의료수가 때문에 수지를 맞추기 위해 하루에도 수백 명의 환자를 보면서 노예처럼 일한다는 이유다. 하지만 나머지 99.9%의 국민들은 의노라는 말에 거부감을 일으킨다. 카데바연구용 시신를 앞에 두고 환하게 웃고 있는 의사들의 모습은 노예라기보다는 귀족에 가깝다.

통계청이 2년마다 조사하는 국민들의 의료 서비스 만족도는 갈수록 떨어지고 있다. 의료 서비스를 '서비스답게' 만들 방법은 없을까. 의료보험수가 개선 등 여러 가지가 전제돼야 하겠지만 가장 손쉬운 방법은 수요와 공급을 일치시키는 것이다. 우리나라는 낮은 본인 의료비 부담 등으로 의료 수요는 차고 넘친다. 반면 공급은 태부족이다. 인구 1,000명당 의사 수2014년 기준가 경제협력개발기구OECD 회원국은 평균 3명인데 반해 우리는 2명에 불과하다. 인구 10만 명당 의대 졸업생 수는 2010년 8.22명에서 2014년 8.15명으로 뒷걸음질 쳤다. 그런데 의대 정원은 지난 10년간 3,058명으로 요지부동이다. 한국보건사회연구원은 의사 공급 부족 현상이 지속되면서 2030년에는 적정 의사 수보다 9,960명이 부족할 것으로 전망할 정도다.

전공의레지던트들의 과중한 업무를 분담하기 위해 입원환자전담전문의 제도가 시범 운영 중이다. 대형병원들은 주 40시간 근무에 연봉 1억 5천만 원의 조건을 내걸었지만 지원하는 의사가 없어 애를 먹고 있다고 한다. 고용대란 시대에 이런 의사들의 세태는 생경하다. 지금보다 의대 정원을 10%만 늘려도 자연스럽게 억대 연봉에 감격해하는 '진짜' 의노가 생겨날 것이다. 서비스 질을 높이는 데는 경쟁만한 게 없다.

나는 기꺼이
블랙리스트가 되었다 (D+194)

인영이는 두 달 동안 쉬었던 항암치료를 재개했다. 당초 지난 주가 예정이었지만 간수치가 300이 넘어 상태를 보고 항암 재개 여부를 결정하기로 돼 있었다. 어제 인영이 간수치는 160. 많이 떨어졌지만 정상20~30보다 크게 높은 수치였다. 항암을 시작하자는 의료진에게 아내는 걱정스런 마음에 "해도 될까요?"라고 물었지만 돌아온 답은 "해야 한다"는 말뿐이었다고 한다. 물론 해야 한다는 의료진의 판단을 존중하지만 네 살 딸아이의 부모로서는 항암을 받을 수 있는 평균적인 간 수치와 달리 이렇게 높은 수치의 상태에서 항암을 받을 때의 문제는 없는지, 그럼에도 불구하고 왜 해야 하는지에 대한 답을 듣고 싶었다. 그러나 우리나라 의료 현실은 "해야 한다"는 말에 토를 달 수 없는 분위기다.

결국 인영이는 항암을 시작했고, 항암 도중 갑자기 체중이 1kg이나 불어 이뇨제를 맞기도 했다. 여느 때처럼 우리 부부는 선배 환우 부모님들에게 "이런 경험이 있었냐", "괜찮은거냐" 말 동냥을 하면서 스스로를 안심시켜야 했다.

물론 의료진은 할 말이 많을 것이다. 한정된 인력과 시설인데 아픈 아이들은 과포화 상태다. 아이들 하나하나에 대해 충분히 설명해주고 싶지만 현실은 1시간 대기 1분 진료일 수밖에 없다. '대전에도 치료 기관이 있는데 누가 이 병원 오라고 했나요?'라고 속으로 반문할 수도 있을 것이다.

이런 상황에서 병원에서 환자 '대우'를 받을 생각은 애초부터 접어야 한다. 3~4세 된 아이들이 병실도 없어 병원 복도에서 항암 주사를 맞으며 링거대를 끌고 다니는 현실은 차치하더라도, 그런 아이들을 사무적이고 기계적인 태도로 대하지 않고 사랑스럽게 대해주는 의료진을 보는 것은 쉽지 않다.

6개월 동안 병원 생활을 하면서 우리 가족에게 가장 친절했던 병원 관계자는 병원 현관 앞에서 교통정리를 하시는 분이었다. 이 분은 비가 오나 눈이 오나 항상 웃으면서 "네 고맙습니다, 조심히 가세요, 아픈데 수고 하셨습니다"라고 말한다. 나는 "고생 많으셨죠(이 분은 우리 애가 얼마나 아프지, 내가 왜 병원에 오는지 모른다)"라는 이 분의 따스한 말 한마디에 울컥 눈물이 날 뻔 한 적도 있다.

아마 병원에서 볼 때 나는 블랙리스트일 것이다. 백혈병에 걸린 아이들 천지고, 대부분의 보호자들은 병원에 불만이 없는데 뭐가 그리 마음에 들지 않는 거냐고 할지도 모르겠다. 그러나 '을'들이 불만이 없어서 침묵하는 것은 아니라는 것을 갑이 알아줬으면 좋겠다. 마지막 항암 치료에서 황당한 의료사고로 하늘나라에 간 '종현이 사건'처럼 제 2, 제 3의 종현이가 계속 생긴다면 을들도 침묵하지 않을 것이다. 사회 각계에서 일어나고 있는 을의 반란이 언젠가 의료계에도 일어날 수 있다.

나무 심기와
나랏돈 10만 원 (D+795)

　지난 주말 가족 모두가 나무를 심으러 갔다. 한국소아암재단 중부 지부에서 환아 가족을 대상으로 한 '아희부기' 나무심기 행사였다. 아희부기는 '아이에게 희망을 부모에게 기쁨을'의 줄임말이다. 차로 30여 분을 달려 야트막한 야산의 텃밭에 도착했다. 숲학교 선생님들과 자원봉사 학생들이 환아 가족들을 반갑게 맞아줬다. 사과나무, 체리나무, 감나무, 매실나무를 심고, 이름표도 만들어 나무에 걸었다. 소원을 적은 타임캡슐도 함께 묻었다. 인영이는 자기 키만한 삽을 야무지게 쥐고 열심히 '노가다'를 했다. 같은 나이의 환아 친구를 만나 함께 술래잡기도 했다.

　소아암재단 관계자 등 행사를 진행하시는 분들은 3시간여 내내 환아 가족들이 즐거운 시간을 가질 수 있도록 편안하게 해주셨다. 텐트 차양에서부터 정성스런 도시락, 아이들을 위한 그림 도구 등 세세한 것까지 정성을 느낄 수 있었다. 내년 이맘때 우리 가족의 나무를 다시 보러오기로 약속하고 집에 돌아왔다. '아희부기' 기분을 느낄 수 있었다.

이 행사가 있기 며칠 전, 나와 달리 어떤 일에도 크게 흥분하지 않는 아내가 화가 날만큼 나서 전화가 왔다. 아내는 인영이와 같은 건강장애학생에게 방과 후 체육이나 미술 학원비를 월 10만 원씩 보조해주는 국가 보조 프로그램이 있다는 것을 알게 됐다. 인영이는 마침 유치원 오전 수업 후 체육과 미술에 관련된 학원을 다니고 있다. 3월 안에 신청을 해야 한다는 말에 아내는 해당 관공서에 관련 서류를 여러 차례 물었지만 담당자는 어떤 서류를 어떻게 준비하는지 제대로 설명을 못했다. 시간에 쫓긴 아내가 마지막 날 전화로 구체적인 것을 계속 묻자 담당 직원이라는 사람은 "이런 제도가 있다고 듣긴 들었다"고 얼버무렸다는 것이다.

있는 돈을 푼다고 복지 국가가 되는 것은 아니다. 정말 필요한 사람들에게 제때에 정확히 전달될 수 있는 체계가 갖춰지지 않아 복지 누수 현상이 계속되는 한 제대로 된 복지 국가는 만들어질 수 없다. 국가가 편안한 서비스를 제공하는 것 까지는 바랄 수 없더라도 필요한 사람들이 실제로 이용할 수 있는 프로세스가 마련되길 진심으로 바란다.

'레지'보다
'골검'을 말하고 싶었다 (D+224)

레지던트가 시술했던 인영이의 골수 검사를 실패했다는 〈나는 아빠다〉의 인터넷 연재 글을 보고 한 의사 분이 장문의 메일을 보냈다. 레지던트들의 고단한 일상과 그렇게 할 수 밖에 없는 현실을 이해해달라고 하는 내용은 이해할 수 있었지만 '레지'라는 표현에 대한 문제제기에는 당혹스럽고 황당했다. 그분은 '레지던트'를 내가 '레지'라고 줄여 쓴 데 대해 "레지라는 표현은 병원에서 아무도 쓰지 않는 표현입니다. 레지는 다방에서 종업원을 줄여 칭하는 표현 아닙니까? 저는 병원에서 딱 두 번 들어봤습니다. 평범한 직장인이 한 번. 기자가 한 번"이라고 항의했다.

기자들은 줄임말을 쓰는 데 익숙해 있다. '전시작전권'을 앞에 쓴 뒤에는 전작권, '고고도미사일방어체계사드'라고 표현한 뒤에는 사드라고 쓰는 것처럼 말이다. 레지던트라는 단어가 자꾸 반복돼 기계적으로 레지라고 줄여 표현했다. 만약 그 레지던트가 남자였더라도 나는 레지라고 줄여 썼을 것이다. 뒤늦게 포털사이트 기사 댓글을 보니 본질은 없어지고 레지라는 표현에 꼬투리를 단 댓글이 넘쳐났다. 나는 졸지에 여혐론자가 돼 있었다.

원고지 10매는 족히 넘을 듯한 그 분의 메일과 비슷한 시각에 또 하나의 메일이 와 있었다. 자신을 소아난치성 질환을 앓고 있는 딸을 둔 아빠라며 5~6 줄의 짧은 메일을 보내왔다. 그는 "아이가 아프면 부모가 해줄 수 있는 게 너무 작다는 것을 뼈저리게 느꼈다"며 "질기게, 정말 질기게 인내하시면 반드시 병을 이길 수 있다"고 말했다. 그는 "가족을 지키는 것도 아빠의 몫입니다. 아내를, 아이를 지키는 것도 아빠의 몫이더군요. 가끔 힘들 때마다 병원 귀퉁이에서 눈물을 흘리는 것도 아빠의 몫"이라고 한 뒤 마지막으로 "더 좋은 글로 위로를 해주지 못해 죄송합니다"라고 글을 맺었다.

그는 죄송하다고 했다. 사과할 사람은 아빠가 아닌 의사 같은데 아빠가 죄송하단다. 병원에 불편한 글을 올릴 때마다 주변에서 물어본다. 병원에서 어려워할 것 같다고. 하지만 반 년 넘게 지켜본 결과, 그들은 나를 귀찮아 할 뿐 어렵거나 힘든 사람으로 보지 않는다. 나를 어려워하고 인영이가 다른 환아들보다 더 관심을 받도록 하기 위해서 〈나는 아빠다〉를 연재하는 것은 아니다. 이 글로 인해 아픈 아이를 둔 부모와 그 아이들이 조금이라도 위로받고 힘을 내라고 쓰는 것이다.

나는 죄송한 부모들과 뻣뻣한 목을 가진 의사들을 수없이 보고 있다. 레지라는 표현에 발끈하는 의사들이 늘 '죄송한' 엄마·아빠들을 생각하는 것은 10분의 1만큼도 되지 않는 것 같다. 직업에 귀천이 없건만 의사들은 '레지'를 자신들보다 훨씬 낮은 직업으로 생각하느냐고 그 의사에게 묻고 싶다.

스러진 꽃들에게 사과하고
진실을 규명하면 된다 (D+309)

여기 4명의 아이들이 있다. 8살부터 19살까지 소중한 아들, 딸들이었다. 평소 건강한 아이도 있었고, 많이 아팠지만 건강을 되찾을 희망에 찬 아이도 있었다. 하지만 지금은 모두 의료사고로 하늘나라에 있거나 식물인간이 됐다. 의료사고는 의사 개개인의 부주의도 크지만 밑바탕에는 우리나라 의료 시스템의 문제가 자리 잡고 있다. 레지던트전공의에게 과하게 의존하는 대형병원 운영 체계, 유명무실한 선택진료제, 의료 사고 예방 부재 시스템 등이 그것이다. 이런 문제가 해결되지 않는 한 우리는 제2의 종현이, 예강이, 성은이, 영준이를 만날 수밖에 없다.

백혈병을 앓던 종현이당시 아홉 살는 2010년 5월 3년여간의 항암 치료에서 마지막 치료 중 목숨을 잃었다. 정맥에 놔야 할 항암제 '빈크리스틴'을 허리뼈에 맞고 10일간 고통 속에 있다가 하늘나라로 갔다. 레지던트가 주사액 색깔이 비슷한 두 약을 바꿔 주사해 일어난 사고였다.

초등학교 3학년 예강이는 건강 체질이었다. 2014년 1월 코피가 멈추지 않아 서울의 유명한 대학병원 응급실에 갔다. 응급실 의료진은 급한 수혈을 제때 하지 않고, 오히려 허리뼈에 주사 바늘로 척수액을 꺼내는 요추천자 검사를 실시했다. 숙련이 덜된 레지던트 1, 2년차 2명이 번갈아 5번이나 척수액 추출을 시도했지만 실패했고, 그 과정에서 예강이는 쇼크로 사망했다.

2007년 고3이던 영준이는 교통사고로 다리를 다쳤다. 병원은 간단한 수술이고 실력 있는 전문의를 선택 진료했으니 걱정 말라고 했다. 그런데 영준이는 수술 도중 의식을 잃었다. 마취 전문의가 해야 할 일을 레지던트가 대신하다 사고를 낸 것이다. 지금도 영준이는 식물인간 상태로 병원에 있다.

열 두살 성은이는 폐동맥고혈압이라는 희귀난치성 질환을 앓고 있었다. 가족 여행을 갔다가 응급 상황이 발생해 가까운 대학병원으로 급히 아이를 옮겼지만 아이는 깨어나지 못한 채 두 달여 만에 눈을 감았다. 이 질환을 처음 겪은 병원 응급실과 중환자실 의료진의 실수가 화를 불렀다고 성은이 부모님은 의료 소송을 진행 중이다.

이 아이들의 희생으로 2016년 3개의 법이 만들어졌다. 의료 사고가 났을 때 이를 감추지 않고 모든 의료 기관이 공유해 반복되는 의료 사고를 막자는 취지의 〈환자안전법〉은 2016년 7월부터 시행됐다. 종현이 사고를 계기로 입법돼 '종현이법'으로도 불린다.

병원에 비해 '을'의 위치에 있는 중대한 의료 사고 피해자가 의료분쟁조정원에 조정 신청을 냈을 때 의료 기관이 이를 거부할 수 없게 한 〈의료분쟁조정법〉도 비슷한 시기에 시행됐다. 피해자의 의료 분쟁 조정 신청을 해당 병원이 무시하며 진실 규명에 어려움을 겪은 예강이와 고故 신해철씨 이름을 따서 예강이법, 신해철법으로도 잘 알려져 있다.

인턴과 레지던트들의 열악한 근로 환경을 개선해 의료사고 발생 가능성을 낮추는 목적을 가진 〈전공의특별법〉은 2017년 말 시행됐다.

이 3개의 법은 의료 사고 예방과 사후구제라는 측면에서 서로 연관돼 있다. 이 법들이 취지에 맞게 정착이 됐다면 환자와 의사 모두 의료 사고에 노출되는 경우가 적어져야 한다.

그러나 현실은 변하지 않고 있다. 〈환자안전법〉은 여전히 유명무실하다. 안전불감증으로 인한 사망사고가 발생해도 병원은 신고조차 하지 않는다. 해당 병원은 의무가 아니라는 점을 악용해 보고조차 하지 않고, "억울하면 소송 하세요"라고 말하기 일쑤다. '전공의 수련 주당 최대 80시간 이내'를 원칙으로 한 〈전공의 특별법〉은 당직표 조작, 이를 핑계로 한 환자 진료 거부 등 부작용이 속출하고 있다.

〈환자안전법〉 제5조 1항은 '모든 환자는 안전한 보건 의료를 제공받을 권리를 가진다'이다. 수많은 의료관련법 중 최초로 환자가 주어로 들어간 법 조항이다. 그만큼 우리 의료 현실은 환자는 주체가 아닌 객체에 머물러 있다. 병원에서 자신의 안전을 지키기도 어려운 게 사실이다.

4명의 아이들 중 병원에서 과실을 인정한 종현이를 빼고 나머지 3명의 아이들의 부모님들은 지금도 힘겨운 법정 싸움을 이어가고 있다. 이름만 대면 알만한 대학병원들은 대형 로펌을 내세워 "과실이 없다"며 잘못을 인정하지 않고 있다. 5~6년이 걸리는 소송 기간과 막대한 비용, 공고한 카르텔담합을 구축한 의료계로부터 의료 과실을 입증하기는 참으로 어렵다. 피해 아이들의 부모님들이 모든 일에 손을 놓다시피 하면서도 어려운 싸움을 이어가는 이유는 진실 규명과 진심어린 사과를 받기 위해서다. 예강이 변론을 맡고 있는 이인제 변호사는 말했다.

"세월호하고 똑같아요. 사과하고 진실 규명하면 되는데 병원은 그렇게 안 해요."

재윤이 어머니께 (D+937)

안녕하세요. 인영이 아빠입니다. 일면식도 없지만 저는 어머니가 낯설지 않습니다. 아픈 아이를 둔 부모라는 공통점 때문일까요. 재윤이와 인영이는 둘 다 세 살 때 급성림프구성백혈병 진단을 받았습니다. 그리고 지난 3년 동안 한 살 터울인 두 아이는 힘든 치료를 견뎠습니다. 아이들은 참 강하더라고요. 긴 치료 기간 동안 수백 번, 수천 번 바늘로 찔리고 머리가 다 빠지는 항암제 부작용을 겪으면서도 우리에게 웃음을 안겨줬습니다.

며칠 전 인영이는 항암치료 종결을 앞두고 마지막 골수 검사를 받았습니다. 허리께 긴 주삿바늘을 꽂고 골수액을 빼내는 골수 검사는 어른도 참기 힘들만큼 아프다죠. 그래서 고통을 줄이고 검사 진행을 원활하게 하기 위해 수면 진정요법으로 검사를 받았습니다. 검사실 문 앞에서 인영이가 무사히 나오기를 기다리면서 어머니를 떠올렸습니다.

어머니가 올린 청와대 국민청원 글을 읽었습니다. 재윤이는 완치를 눈앞에 둔 지난해 11월 인영이처럼 수면 진정 골수검사를 받았습니다. 재윤이는 응급처치 장비가 구비된 처치실이 아닌 일반 주사실에서 검사를 받던 중 무호흡 및 심정지가 발생했고, 16시간 만에 하늘나라로 떠났습니다. 대학병원 내에서 응급상황이 발생했는데 산소호흡기 하나 없이 마우스 투 마우스로 인공호흡을 했습니다. 6살 아이가 마취전문의도 없는 상황에서 고용량의 수면 진정제를 투여 받고 사망한 사실을 놓고 '질병에 의한 사망'이라는 병원 측 주장을 도통 이해하기가 힘듭니다. 한국환자단체협의회 안기종 대표도 "재윤이 사건은 3~4번의 기회를 놓친 전형적인 예방 가능한 환자안전사고"라고 규정하더군요.

'세 살부터 66번을 입원하며 살려고 발버둥을 쳤는데, 의사선생님 말, 엄마 말 잘 들어야 유치원도 가고 태권도도 간다고 해서 죽을 힘으로 버티어낸 내 새끼는 왜 온몸에 주삿바늘이 꽂힌 채 갈비뼈가 다 부러지고 온몸이 만신창이가 되어 여기에 누워 있나요.' 어머니가 청원 글에 쓴 이 부분을 읽다가 저도 모르게 눈물을 흘렸습니다. 어머니가 바라는 것은 단 두 가지라고 들었습니다. 병원의 진정어린 사과와 재윤이처럼 중대한 환자안전사고의 경우 병원에 보고의무를 부여하는 환자안전법 개정.

의료사고를 미연에 방지하기 위한 목적인 환자안전법의 다른 이름은 '종현이법'입니다. 2010년 아홉 살이던 종현이는 의료진의 어처구니없는 항암제 투약 오류로 사망했습니다. 종현이 역시 백혈병 완치를 눈앞에 둔 상황이었습니다. 종현이의 희생으로 만들어진 이 법에 따르면 환자안전사고가 발생하면 보건복지부에 보고하도록 돼 있습니다. 하지만 법이 만들어지고 나서도 병원은 의무사항이 아니라는 이유로 사망사고 같은 중대 사고는 보고하지 않고 있습니다. 우리 아이들의 희생은 종현이 한 명이 아닙니다. 2014년에는 건강했던 초등학교 3학년 예강이가 골수검사를 받던 중 의료사고로 사망했습니다. 예강이 어머니는 지금도 잘못이 없다는 병원과 지루한 법정 공방을 벌이고 있습니다.

재윤이 어머니, 예전 독일에 갔을 때 케테 콜비츠Kathe Kollwitz의 조각상을 본 적이 있습니다. 한 어머니가 2차 세계대전 전장에서 죽은 어린 아들을 안고 흐느끼고 있는 모습이었습니다. 어머니도 뻣뻣이 굳어 차가워진 재윤이를 두 시간 동안 안고 계셨죠. 그리고 대통령께 저출산에 아이들을 낳으라고만 하지 말고 우리 아이들이 안전하게 클 수 있도록 해 달라고 호소하셨죠. 청와대 국민청원은 지난주 3만 2천여 명의 서명으로 종료됐습니다. 답변 기준인 20만 명 동의에는 한참 못 미쳤습니다. 하지만 이 문제만큼은 대통령이 답을 해주셨으면 합니다. 우리는 여섯 살 소중한 생명이 왜 죽었는지 알 수 없는, 2차 세계대전보다 못한 세상에 살고 있는 듯합니다. 재윤이는 인영이처럼 엄마 손을 잡고 웃으며 병원을 나왔어야 합니다. 그게 정상적인 사회입니다.

1000일 간의 해피엔딩

　정현종 시인은 사람들 사이에 섬이 있고, 그 섬에 가고 싶다고 노래했다. 고등학생 시절, 처음 그 시를 읽었을 때 무슨 말인지 잘 이해가 되지 않았다. 지난 3년여의 세월을 통해 그 섬을 이어주는 다리가 정(情)이라는 것을 알았다.

　2018년 9월 17일부로 인영이의 길고 길었던 항암 치료가 종결됐다. 인영이는 마지막으로 전신 마취를 하고 가슴에 삽입한 포트를 제거하는 수술을 받았다. 지난 주 사전 검사 때는 아빠가 휴가를 냈고, 오늘은 엄마가 동행했다. 오후 2시, 아내가 보낸 사진을 보니 인영이는 두려워하는 눈빛이었다. 아무리 마지막이어도 혼자 수술실에 들어가는 게 무서웠을 것이다. 인영이가 수술실에 들어간 뒤 아내가 일분이 하루 같다고 울면서 전화했다.

　3년 전, 항암 치료 시작을 위해 포트를 삽입할 때 인영이는 말

한마디 못하는 애기였다. 아무 것도 모른 채 잠든 인영이를 수술실에 들여보낸 뒤 수술 상황판을 뚫어지게 보는 것 외엔 할 수 있는 게 없었다.

그때는 참 막막했고 두려웠다. 보호자 1인만 함께 잘 수 있는 무균 병동에 아내와 인영이를 두고 나올 때마다 불 꺼진 병원 기자실에 들어가 혼자 울었다. 이 끝은 언제일까. 과연 우리 가족은 이겨낼 수 있을까.

그때, 내 곁의 정 많은 사람들이 다가왔다.

그들은 인영이를 위해 헌혈을 했고, 기도를 했고, 먹을 것을 갖다 줬고, 함께 울어줬다. 의리만큼은 뒤지지 않는 기자 동료들은 3년 동안 인영이 치료비를 보탰다. 힘들라치면 인영이를 위해 기도하고 있다는 분들이 나타났다.

인영이는 머리카락이 빠지고, 바늘에 찔리고, 울고, 토하면서도 웃음을 줬다. 자기 민머리를 만지며 "아이야 머리 없어"라고 씩 웃었고, 장난감 안 사주는 엄마는 빨리 회사 가라고 등을 떠밀

었고, 힘든 항암 치료를 마치고 품에 안겨 나오면서 외려 축 처진 아빠 등을 토닥여줬다.

투병 과정 중에도 인영이는 잘 때만 되면 엄마를 찾아 '결국 엄마뿐인가?' 생각할 때도 있었지만 덕분에 〈나는 아빠다〉를 쓰게 되는 계기가 되기도 했다.

그렇게 인영이는 963일 동안을 백혈병과 싸웠다. 물론 모든 전투에서 이길 수는 없었다. 항암치료 부작용에 눈물이 고일 정도로 구토를 했고, 고열과 싸우다 폐렴에 걸려 입원도 했다. 골수 척수 검사의 대바늘에 허리를 잘못 찔려 걷지 못했었고, 물놀이가 하고 싶은데 하지 못해 울기도 했다.

하지만 종국에는 이 길고 긴 전쟁에서 이겼다. 인영이는 위대한 승자가 됐고, 오늘은 승전보와 함께 종전을 선언하는 날이다. 퇴근 후 인영이가 좋아하는 티라미수와, 도가니탕, 귤을 사러 돌아다녔다. 마트에 가서 레고와 콩순이 스티커북도 아내 몰래 질렀다. 그렇게 두 시간을 홀로 세종시를 배회하면서 설렜다.

밤 9시, 프리미엄 고속버스 1번 좌석을 차지한 승자가 만면의 웃음을 지으며 내렸다. 긴 싸움에서 승리한 인영이는 기고만장했다. 마취 때문에 하루 종일 굶더니 집에 오자마자 라면을 끓이라 명하고, 식탁에 앉아 당당하게 스마트폰을 가지고 놀았다. 그래도 된다. 앞으로도 아프지만 않으면 된다. 아빠랑 꽃길만 걷자 되뇌었다.

인영이가 아픈 뒤 나 자신과 고마운 분들에게 약속했었다. 인영이가 다 나으면 잔치를 열겠다고. 고마운 분들을 모두 초대해 〈나는 아빠다〉 책을 선물하며, 덕분에 이겨낼 수 있었다고, 정말 큰 힘이 됐다고, 한 분 한 분 손을 잡고 고맙다 말하겠다는 희망을 품었었다.

2018년 가을, 그 희망이 이뤄졌다.

소아백혈병 관련
도와주시는 분들

한국백혈병소아암협회 http://www.soaam.or.kr

한국백혈병어린이재단 http://www.kclf.org

한국소아암재단 http://www.angelc.or.kra

한국메이크어위시재단 http://www.wish.or.kr

한국백혈병환우회 https://www.hamggae.net:1044

백혈병소아암후원회 http://www.leukemia.or.kr

한국사회복지협의회 http://www.kids119.or.kr

한국환자단체연합회 http://www.koreapatient.com/

전국건강장애부모회 https://www.facebook.com/HEALTHIM
PAIRMENTPARENTSASSOCIATION

다시 행복해진 아빠와 딸의 이야기

나는 아빠다

발행일	2018년 12월 12일 초판 1쇄 발행
	2019년 1월 11일 초판 2쇄 발행
지은이	이성규
발행인	이동선
발행처	한국표준협회미디어
출판등록	2004년 12월 23일(제2009-26호)
주 소	서울시 금천구 가산디지털1로 145, 에이스하이엔드 3차 11층
전 화	02-2624-0361
팩 스	02-2624-0369
홈페이지	www.ksamedia.co.kr

| ISBN | 979-11-6010-030-3   03810 |
| 값 | 12,000원 |